一天，家里来了一个陌生的老者，身上穿着破斗篷……——《不幸的许愿者》

他拿出几根光滑的木头，开始雕刻木头小人。——《懒人的故事》

每年开始飘下第一场雪时，她都会欣喜地站在岩石上，一边搓着两手，一边发出狂风一般的尖叫。——《魔球》

很快，他便诧异地发现，眼前竟浮现出一座美丽的城市。——《雷鲁和星星姑娘》

献　给

拥有一颗金子般心灵的

卡尔·桑德伯格

以及他的朋友们，也是我的孩子，

海伦与赫伯特

我的第一套
最美神话故事

银色大地的传说

Tales From Silver Lands

【美】查尔斯·J.芬格 著 耿丹 译

人民东方出版传媒
東方出版社

图书在版编目(CIP)数据

银色大地的传说 / (美) 芬格著；耿丹译. -- 北京:东方出版社, 2015
ISBN 978-7-5060-8184-9

Ⅰ. ①银… Ⅱ. ①芬… ②耿… Ⅲ. ①神话—作品集—美洲 Ⅳ. ①I707.3

中国版本图书馆CIP数据核字（2015）第099714号

银色大地的传说
[美]查尔斯·J. 芬格 著　杨东龙 主编　耿 丹 译

责任编辑：张 旭 张 琼
出　　版：東方出版社
发　　行：人民东方出版传媒有限公司
地　　址：北京市西城区北三环中路6号
邮政编码：100120
印　　刷：河北文扬印刷有限公司
版　　次：2017年5月第1版　2022年7月北京第5次印刷
开　　本：710毫米×1000毫米1/16
印　　张：12.5
字　　数：160千字
书　　号：ISBN 978-7-5060-8184-9
定　　价：45 .00元
发行电话：（010）85924663 85924644 85924641

导读

南美大陆上，那奇特而魔幻的神话文明

这是一本有关南美洲印第安人的民间神话故事集。

打开这本书，总是能让人想起一个个小小的剪影，他们带着长长的羽毛，像是在召唤人们走进他们的世界。这个世界里都有什么？有曾经长着猫尾巴的兔子，有没鼻子怪人变成的海豹，有被火把烫成红胸脯的火烈鸟，还有木头小人变成的猴子……

就像是远古印第安巫师手中的神奇粉末，这本故事集会让我们拥有新鲜而又特别的阅读体验，它像具有魔力一般，不断地刺激着我们的想象力，让我们情不自禁地沉浸在一个个神奇的故事里，难以自拔。

南美印第安先民对天地、日月、星辰、自然万物以及其他自然现象充满了遐想和崇拜，他们的民间神话故事也和北美印第安人神话一样，反映出了浓重的美洲地域特色。但对于南美印第安神话来说，它还拥有一个最显著的特征，那就是具有极强的魔幻色彩，也就是说，相比较而言，故事中的巫术、魔法和咒语要更加强大甚至无所不能，

因而在故事情节上，也更加天马行空，充满非凡的想象力。故事中出场的各位人物，就像中国民间神话传说中的“八仙过海”，总是各显神通。这种体现在民间神话故事中的魔幻色彩，也为20世纪50年代前后繁荣于拉丁美洲的魔幻现实主义作品提供了“温床”，所有有志于理解拉美魔幻现实主义作品和印第安文化底蕴的人，都要通过印第安神话体会其精髓。

因此，在茂密的原始森林和美轮美奂的南美自然生态景观的烘托下，南美印第安人的民间神话故事不免会带有诸多的独特之处。而这本书，恰恰凸显了其所有特征，这里一个个神奇而有趣的南美民间神话故事，向我们呈现出了一种极具南美地域和文化特色的印第安文明，会让我们在阅读过程中，体会到新鲜又刺激的南美印第安文化。这会是一次与众不同的心灵历程，就像是坐上一个过山车，在跌宕起伏的故事情节里，满足我们对南美印第安人的好奇，也让孩子们从中获取现实生活中所必需的宝贵经验。

那么，书名中为什么提到银色大地呢？这还要从本书的作者说起。

查尔斯·J. 芬格（Charles J. Finger），20世纪美国著名的儿童文学大师，1867年出生在英国，1920年定居在美国；1890年至1895年间，曾在南美大陆上整整漂泊了5年。他走遍整个南美大陆，南至最靠近南极的合恩角（Cape Horn），北到南美洲北部的委内瑞拉，每到一处，都和当地的印第安人同吃同住，并从他们口中记录下了一个个年代久远的印第安民间神话故事。于是，这段探险岁月就成了他口中“为自己而活的日子”，而这片神秘、热情的南美大陆，便被他称作是"银色大地"。

1925年，《银色大地的传说》斩获美国纽伯瑞儿童文学金奖，此项大奖至今仍在国际儿童文学领域举足轻重。本书还是世界上最早搜集和描述南美印第安民间神话故事的儿童文学作品之一，在已出版的相关著作中一直都是名列前茅。

本书采用的是游记形式，在讲述一个个故事的同时，串起了芬格游走过的整个南美大陆的各个地区。因此，几乎在每个故事的开头，芬格都简单交代了故事的由来，以及他驻足的地点，甚至还告诉我们，他自己的儿子就非常喜欢这里面的没鼻子怪人，女儿则喜欢那两个不知道白天的女孩和不知道黑夜的男孩。

芬格当初写儿童故事的初衷其实是为了更好地教育自己的孩子，因此他的这些故事不仅极具南美洲民间神话的魔幻色彩，而且还糅合了对儿童"苦口婆心"的指引和教育，从而使本书不失为一部既有极强阅读性，又有深刻教育性的儿童读物。芬格的故事，语言细腻、寓意深刻、热情奔放，处处充满大胆的想象。他将这些民间故事置于南美洲壮丽的自然生态景观之中，在满足儿童对南美印第安人极大的好奇心的同时，又更好地为他们解读了人类的真善美和假丑恶，从而让孩子了解到南美大陆的生态气候和世代生活在那里的古印第安人文明。

本书中的故事极具魔幻主义色彩，例如《猫和梦中人》，故事讲述了一个极其邪恶的老猫，不仅可以在清醒时祸害人间，甚至就在睡梦中，也能幻化出狐面人的形态为非作歹，另外故事中出现的各种魔法和能把所有东西变成两份的斧子，以及其他各种怪诞的情节，都为故事增添了浓重的魔幻色彩，但在故事最后，强大的魔法终究敌不过善良人类的智慧。

作为南美印第安神话的重要特点，“动物即人”的观念是南美印第安人的主要世界观。例如在《温柔部落的传说》中，人们认为羊驼的祖先是生活在南美的一个印第安部落，这个部落里的人温柔、善良、勤劳，后来因为受到邪恶部落的攻击，被迫变成了羊驼，世世代代生存下来，一直等待邪恶部落的覆灭，才能得以重生。所以直到现在，羊驼都被认为是世界上最温柔、最善良的动物之一，它们告诉孩子要怀揣善心面对生活，最后终将获得周围所有人的喜爱。

日月和星辰也向来是南美印第安神话里的主角，许多南美印第安部落里都流传着星星姑娘的故事，例如本书中的《雷鲁和星星姑娘》，雷鲁最后没有经受住黑暗力量的诱惑，被各种邪恶的黑暗势力带走，永远痛失了星星姑娘的眷顾；但在最后，星星姑娘对雷鲁说：“走吧，雷鲁，但你要记住，只要再努力一些，你就能再见到我。在黑暗中也要记得寻求我的帮助，这样你才更能了解自己的弱点。即使是在死亡的阴影之下……孱弱的爱也能获得新生。”芬格借这个故事告诉孩子们，不要害怕曾经犯的错和失败，只要心中一直向往光明，银星的熠熠光辉就会一直指引着我们，用美丽点缀着生命中的一切。

五色缤纷且难得一见的南美地域生态文化，衬托着古老神秘的南美印第安人文明，加上这些充满魔幻色彩甚至还有一些小恐怖的印第安民间神话故事，还有什么能比这个更有魔力呢？翻开这本书，无疑就像是打开一卷色彩艳丽的异域画卷：魔幻、神秘，还有芬格一步步的指引，都会恰到好处地让孩子深深爱上这些神话故事，并让孩子更加懂得和了解独具特色的南美印第安风情。

本书插图是来自保罗·奥雷诺（Paul Honore）的木刻版画，为这些本就极具民族和地域特征的神话故事又加入了一种独具匠心的特别味道。为更加直观地向小读者呈现出书中19个民间神话故事发生的具体地点，我们还专门附加了一张简单明了的中、南美地图，其中清楚标明了书中提到的所有地名的位置，以便于孩子能更好地体会这些南美民间神话故事的地域特色，同时也可以让孩子初步了解南美各地区的地理位置。

这不仅仅是一本儿童神话故事书，同样也适合成人阅读，相信它会提供一次最美妙的亲子阅读经历。希望所有满怀童心的人，都能在芬格的带领下，快乐而自由地翱翔在神奇的南美大陆上。

这些故事很美。

美得就像是一段段音乐，奏出了南美印第安人的灵魂，以及充满魔幻色彩的南美异域风情。从斩获国际儿童文学金奖直到今天，它们依然是足以打动世界千万儿童心灵的异域民间神话故事珍品。

不信，你自己来看……

本书与丛书中的《美洲印第安神话故事》，均是有关美洲印第安人的民间神话故事集。本书于1925年荣获美国纽伯瑞儿童文学金奖，由19个南美洲印第安民间神话故事组成。要想进一步领略原汁原味的北美洲印第安民间神话故事，敬请关注《美洲印第安神话故事》。

译　者

2015年3月

中、南美洲地图

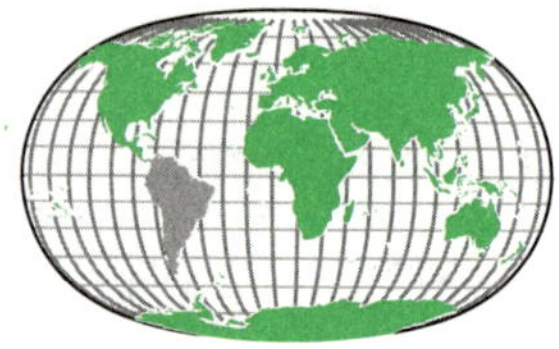

① 洪都拉斯
② 委内瑞拉
③ 圭亚那
④ 智利
⑤ 阿根廷
⑥ 玻利维亚
⑦ 哥伦比亚
⑧ 厄瓜多尔
⑨ 火地岛
⑩ 秘鲁
⑪ 乌拉圭
⑫ 巴拉圭
⑬ 巴西
⑭ 苏里南
⑮ 法属圭亚那
⑯ 合恩角
⑰ 巴拿马
⑱ 哥斯达黎加
⑲ 尼加拉瓜

★安第斯山脉：纵贯南美大陆西部，跨越委内瑞拉、哥伦比亚、厄瓜多尔、秘鲁、玻利维亚、智利、阿根廷等国，全长约8900千米，属科迪勒拉山系。

★科迪勒拉山系：纵贯南北美洲大陆西部，北起阿拉斯加，南至火地岛，绵延约15000千米。

目　录

三条尾巴的故事

洪都拉斯南部有个小镇，名叫皮博罗-德-卡米莱肯。总的来说，这镇子并不怎么样，整个镇仅有一条街道，房屋都是四方形的，像个大蜂箱，屋顶上铺着稻草，没有人行道，也没有车道，房子旁连栅栏都没有，一走出房间就到了满是沙子的大街上。由于天气很热，屋里的人们都巴望着去屋外乘凉，可到了屋外却又想立刻回到屋里。所以，当地的孩子们成天都在一条小河里泡着，至少我在时他们是这样的。

我是骑驴来到这里的。天热得要命，于是我就让驴子随意打发它自己的空闲时间：啃草、睡觉、思考、做梦或者是任何事；而我呢，则去看那些泡在水里的孩子们。一个刚刚会走路的小孩爬到了水边，摇摇晃晃地滚进河里，像只小狗似的扑腾着，然后钻出我这边的水面，快活地笑着，那笑容和全世界所有的孩子一样都那么纯真。

天黑了，但却一点也不见凉快，我决定就在河边过夜。晚饭后，人们来到屋外，围坐在一起弹琴唱歌。我也随身带着一件小乐器，那是我在法国买的，有点像风琴。这玩意儿小巧结实又好用，可以随时随地带在身边，就跟带一条毛毯一样方便。这下，我可以和那些貌似很喜欢音乐的人一样，拿出自己的乐器开始弹奏。虽然我五音不全，可大家还是很有礼貌地专心听着。就这样，我们举行了一场欢快无比的音乐会。

接着，好奇的孩子们开始向我围拢了过来，唱歌不怎么样的我为了逗他们开心，当然也是为了逗自己开心，便用几张卷纸和两个锡杯表演了几个小戏法，逗得孩子们哈哈大笑，也包括那个曾滚进河里游泳的小男孩。男孩的父亲非常高兴，给我拿来了一杯山羊奶和几片木薯面包，并说我是一个好人。为了更让我高兴，他还唱了一首很长很长的歌，歌词讲的是一只鹦鹉和它的非凡之举：这只久居人群中的鹦鹉学会了人类的歌，而且唱得好听极了，飞回森林后还整天高唱，于是其他鹦鹉也全都学会了。可奇怪的是，这首歌每一段歌词的末尾，都会有这样一句：

老鼠长着马尾巴。

男人一唱完，我就问他这句话的意思。因为在我看来，老鼠尾巴根本没法和马尾巴相比。

他神情严肃地听完后回答说："老鼠的确曾经长着马一样的尾巴。"

"什么时候？"我问道。

"就是兔子长着猫尾巴的时候。"

“我还是有点不明白，”我说，“是很久以前吗？”

“就是小鹿长着狗尾巴的时候，都有很多毛。”他说。

我们正交谈时，围坐在四周的人们也全都礼貌地静静听着。接着，一个吸着雪茄、年迈苍苍的老妇人点了点头说：“不过，提奥·拉文纳说的没错。那是在老汉拔兹横行的年代，他靠吃甲虫和蜘蛛为生。我是听我妈妈的妈妈说的，我妈妈的妈妈又是听她妈妈的妈妈说的。”说完老妇人闭上眼睛，继续吸烟，人们也都彼此点点头，思考着老妇人的话。我猜这位老妇人接下来可能会该讲一讲这个故事。不过当然，了解她的人们是不会主动要求她去讲这个三条尾巴的传说的，于是大家都在耐心地等待着。

一阵沉默之后，一个小女孩递给老妇人一块糖果，轻声问道：“是谁去砍了森林里的树？是两兄弟还是三兄弟？我记不清了。”

老妇人眼睛一亮，把雪茄扔在一边，说道：“是两兄弟，我以前就跟你说过。”她微微叹了口气，装作她已经厌倦了这个故事，接着说：“要知道，我以前给你讲过这个故事了。总是这样说给你听，这是不对的。不过你们看看这个——”说着，她从怀里摸出一小块玉石。那应该是一整块大玉石的碎片，用银丝线系着，上面雕刻的图案纹理清晰可辨。我看出那是一只鹿，长着牧羊犬一样粗大的尾巴。大家相互传看着玉石，每个人都看得很仔细，尽管他们之前已经看过很多次了。最后，玉石又传回了老妇人的手里，她把它放回原处，开始讲述三条尾巴的故事。

虽然我这辈子从没见过，但老鼠原先确实长着和马一样长可拖地的漂亮尾巴，那是早在汉拔兹年代。这个老巫师住在漆黑一片的大森林里，那时森林就在这条河的对岸。过去的很多东西都不是现在这个样子，就拿动物来说吧，有的要更大一些，有的则更小一些。鹿尾巴和狗的差不多，就像你们刚才看到的那块玉石上雕刻的画一样。兔子尾巴也很像猫尾巴，又粗又长，毛茸茸的。

当时这片土地上住着一个猎人，他打野兽时，无论是用套索还是弓箭，都从不落空和虚发。他的两个儿子也都相貌英俊，勇敢无畏，身材结实，走起路来健步如飞。两兄弟不但干起活儿来无人能及，还擅长打球和唱歌。他们能把球抛到连鸟都飞不到的地方，歌声会让飞禽走兽听得入迷。陆地上没有任何一种生灵能像他们跑得那样快，只有飞鸟才能超过他们。

眼看两个儿子已长大成人，猎人觉得他们也该另立门户了。于是，他在森林深处选了一块地，让两个小伙子在七天之内把这片地清理干净。要知道，这可不是一个小树林，而是占地相当大的密林。这里终日不见阳光，树根像是大粗绳索，密密匝匝的丛林绵延数英里，树木攀援缠绕，盘根错节，就连猴子想要钻进森林也得抱着脑袋、缩着手脚。森林深处黑压压一片，树干粗得连三个男人都抱不住。而那些不长树的地方，则到处都是蛇一样缠绕在一起的藤蔓和长满棘刺的灌木。这里的花硕大无比，花荫下面甚至可以让人乘凉和休息。

第一天，兄弟两个挥舞砍刀，披荆斩棘，开辟出了一大片空地。他们把砍倒的树木堆在森林的角落，将脚下的枝蔓都清理干净，让地面就像湖水一样光滑平坦。两个小伙子边干活边唱歌，天热休息时也在唱。绿荫丛里筛下点点金光，小鸟们用风琴或长笛般的嗓音和他们一唱一和。他们的歌声真美，引来了和人一般大小的老蜥蜴，从林中的栖息地赶来听他们唱歌。

见此情景，住在森林深处的老汉拔兹大为恼火，他担心自己的地盘会很快缩小，甚至会永远消失。于是他心急火燎地找来朋友大灰猫头鹰商量对策。猫头鹰告诉他说，要设法让猎人讨厌他的两个儿子，就对他说他们总是偷懒不干活，把时间全都花在了打球和唱歌上。

“去吧，”猫头鹰说，“去见那个打猎的老头儿。要是他问起他的儿子们干得怎么样，你就说：

他们又唱又玩，
干活只干半天。

然后结果可能就会是：那个老头儿勃然大怒，直接砍掉他们的脑袋，那我们在森林里就可以高枕无忧啦。”

老汉拔兹觉得这主意非常好。因为他会巫术，能像游泳时那样拍打着双臂飞起来，于是就在兄弟俩这天收工之前，他腾空而起，朝着猎人住的地方快速地飞了过去。不过，他还是颇费一番心思地把自己装扮成了一个樵夫。

“很高兴见到你，”看到汉拔兹，老猎人打着招呼，他当然没想到眼前的人竟是个巫师，“你从哪里来？”

“我从森林那一边来。”巫师回答道。

“噢，那你一定见过我的两个儿子吧，他们正在森林里砍树。”

“是的。”汉拔兹说。

“那些小伙子干得怎么样？”老猎人问道。

听到这话，老汉拔兹先是难过地摇摇头，接着就按猫头鹰的话回答道：

他们又唱又玩，
干活只干半天。

要知道，这当然不是真的。小伙子们唱歌时并没有误工，要说玩耍，他们确实是把球互相抛来抛去，但他们很聪明，能把球抛得很高，一连好几个小时都不会落下来。所以球在空中时，他们也可以继续干活。

“如果这是我儿子，”老汉拔兹说，“我非砍掉他们的脑袋不可。”说完便转身离开了，直到走出猎人的视线，他才开始飞到空中——他可不想让猎人知道自己是个巫师。

听了汉拔兹的话，这位善良的父亲很伤心，他满面愁云，却什么也没说。不久后，兄弟两个便回到了家，老猎人问他们这一天干了多少活儿。当听到他们说已经完全清理干净那片指定的森林之后，他大吃一惊。经过一番深思熟虑之后，他告诉他们，第二天必须要完成前一天两倍的工作量。两兄弟觉得这个新任务十分艰巨，但还是以坚定的意志投入工作。第二天，两个小伙子挥着大砍刀，一棵棵树木就像玉米秆一样纷纷倒地。最后他们在天黑之前再次圆满完成了任务。

这下可急坏了老汉拔兹！他再次腾空而起，飞到老猎人那里去煽动他和两个儿子作对。结果当天晚上小伙子们回到家中时，父亲告诉他们接下来一天的任务又增加到了前一天的两倍。

第三天依然如此，第四天也一样。最后，兄弟两个累得筋疲力尽，连挪动一根树枝或一片草叶的力气都没有了。可由于老汉拔兹从中作祟，父亲分配给他们的任务还在与日俱增。

到了第五天，两个年轻人的境遇似乎到了令人绝望的地步。他们看着黝黑的大森林，想着父亲指派的任务，心里非常难过。他们第一次感觉到，要想在太阳落山之前完成这一天的任务是根本不可能的。而老汉拔兹呢？却在一旁扬扬得意，心里乐开了花。可就在那天上午，森林里一片沉寂，百鸟都默不作声，因为它们也感受到了兄弟两个的忧愁，甚至就连蚱蜢、蚊子和蜜蜂也都静悄悄的，而那两个可怜的小伙子，也没再唱出一个快乐的音符。

然后，那只老蜥蜴轻轻地来到他们身边。它见多识广，智慧过人，能知晓森林里发生的一切。听完兄弟两个的诉说后，它脸上露出自信的微笑。在确定周围没有别的动物偷听后（除了群鸟，因为它知道鸟儿们从不会泄露秘密），它就让小伙子们接下来要听从它的安排。

“快乐起来吧，年轻人。”老蜥蜴说，“我来告诉你们一道魔咒，听好：在你们劳动工具的把手处，分别用黑、白、红、绿四种颜色的圆圈做上标记。还有，在开始干活前要先唱这样一首歌：

我必须尽我所能，
这才是男人所想。

如果你们有一颗勇敢的心，就能看到接下来将会发生什么。”

说完，它冲兄弟两个神秘地笑了笑，便爬上一棵大树，在一个最好的位置上伸展开四肢。百鸟则在四周围成一个大圆，为兄弟俩加油助威，歌声响彻云霄。

于是，两兄弟收拾起斧子、铁锹、锄头和砍刀，在每样工具的手柄上都画上了黑、白、红、绿四种颜色的圆圈，然后按照老蜥蜴说的开始唱歌。他们的声音甜美而清亮：

我必须尽我所能，
这才是男人所想。

歌声刚落，鸟群就爆发出大合唱：它们有的引吭高歌，有的吱吱低吟，有的叽叽喳喳，有的尖声呼哨，有的厉声长鸣……每只鸟都亮出了自己的唱腔，应和着两兄弟的歌声。随后，奇迹便出现了：虽然并没有人在操纵，可斧子自己砍倒了大树，大砍刀自己冲向了藤蔓，铁锹自己又是挖坑又是清理，老树、灌木和杂草自己在空地边缘堆成一大垛。就这样，一个小时不到，任务就全部完成了。一直对兄弟两个表示同情的森林成员们心里也都乐滋滋的，好心肠的老蜥蜴也欣慰地笑了，就连小猴子也过来凑热闹，他们接住兄弟俩扔过来的球，从这棵树抛到那棵树，直到球传遍整个丛林，又返回原地。

这下可气得老汉拔兹火冒三丈，他站稳脚跟，咬牙切齿地在原地转了三百圈。他转得快极了，身体就像是一团裹着炸雷的乌云，长长的胡子绕着身体打着结，活像是一件斗篷。他转得速度越快，火气就越大。最后，他拍了拍手，箭一般地飞入空中，极速飞行，结果由于摩擦产生的热量太多，竟把自己的衣服给烧焦了。

“小伙子们干得怎么样？”当汉拔兹再一次出现时，老猎人问道。

汉拔兹气急败坏，大声叫嚷：“你那两个儿子全都是懒惰的家伙！

他们又唱又玩，
干活只干半天。

假如我有这样的儿子，非砍掉他们的脑袋不可，给他们点颜色看看！”

老猎人半信半疑地盯着汉拔兹：“明天，我要到森林里去。如果你有半句瞎话，那么你的心脏就会成为我的箭靶。你听着，我的箭可一支都没有被浪费过。不过，如果情况真如你所言，我的儿子们自然也会尝到我的厉害。”

老汉拔兹可不喜欢这样的安排，他早就听说过老猎人箭无虚发。无奈，他只好又飞到猫头鹰那里求助，两个坏蛋在一起嘀咕了一阵。当晚，森林里的动物们就来了一场大规模的紧急集合。兔子、狮子、豹子，还有许多其他动物统统赶来了。然后，以鹿、老鼠和兔子为急先锋的动物大军开始干起破坏的勾当。不一会儿，它们不仅让那天被清理好的空地又变成了森林，让兄弟两个一天的辛劳化为泡影，就连前些日子砍倒的大树、灌木和藤蔓也都重新归位，抽枝长叶、吐绽花蕾，看起来就像是兄弟两个从没到过这片森林似的。

令人难过的时候到了。第二天上午，当猎人和两个儿子一起来到森林时，发现这里一切都完好无损，好像压根儿就没有被人碰过，兄弟两个简直不敢相信自己的眼睛。浓密的橡胶树叶后面隐藏着汉拔兹的脸，他正咧着嘴偷笑，肩头上坐着那只猫头鹰。起初，猎人真想砍掉两个儿子的脑袋，教训他们一顿，可他转念一想，决定还是再给儿子一次机会。

“你们并没有做到该做的事。”他说，“不是说全都清理好了吗？既然这样，我就再给你们一天一夜的时间。听着，整个森林都要被铲平。明天上午我会再来，看看你们是否能够把所有的事做好。”说完，他便撇下他们，独自离开了。

父亲刚一离开，兄弟两个立即去见老蜥蜴。老蜥蜴告诉他们，这都是猫头鹰和汉拔兹使的巫术，他们只管还像以前那样做就是了。于是，两个年轻人在劳动工具的把手上再次画上圆圈，同时口中唱着：

我必须尽我所能，

这才是男人所想。

然后忽的一下，就像前一天一样，斧子、砍刀和铁锹全都自己投入了行动。一眨眼，整座森林就被清理得干干净净。老蜥蜴还向兄弟俩揭露了汉拔兹的丑恶行径，让他们布置好陷阱，还要在当天夜里严加防守。他们依计而行，事先挖了三个陷阱。夜幕降临，几支由鹿、老鼠和兔子率领的动物大军从森林的四面八方赶来会师，而老汉拔兹和猫头鹰则躲在密叶丛中的黑洞口遥控指挥破坏行动。

为首的三个坏蛋刚一踏上清理好的空地，就掉进了陷阱，被牢牢卡住。其他的动物小兵一看不妙，立即转身，惊慌失措地四散奔逃。见到这个情景，埋伏在一旁的兄弟两个直奔陷阱而来。兔子感觉到捕兽夹正紧紧夹着自己和猫一样漂亮的尾巴，于是吓得拼命一跳，尾巴便从靠近身体的部位被完全截断。鹿原本也有一条蓬松的大尾巴，可他的情况也好不到哪里去。鹿和兔子就这样万分羞愧地逃窜进了森林，从那以后，他们再也没有了长尾巴，就像今天人们看到的那样。而老鼠就聪明多了，他没有像兔子和鹿那样跳起来，只是看到兄弟俩越来越逼近，就使劲地一点点拔出自己的尾巴，直到把尾巴上漂亮的毛全部拔光，只剩下一根光秃秃、丑陋不堪的细长条，也就成了现在这个样子。

第二天上午，当老猎人赶来时，眼前的一切正如儿子所说：森林已被清理完毕，一切都井井有条。他恍然大悟，立刻去追赶老汉拔兹。害怕到极点的老汉拔兹拍打着双臂飞走了，可由于飞得太快，摩擦产生的热量又烧着了衣服，皮肤也被烤成了硬甲壳。他摔落在地上，变成了我们今天看到的穿山甲。而那两个兄弟则幸福地生活了很多年，并且事事如意。他们居住的那片土地也连年丰产，瓜果飘香。

好了，现在你们已经知道了这三条尾巴的故事了。如果不信，可以去观察一下老鼠、鹿、兔子和穿山甲，然后再自己慢慢品味吧。

神　狗

在委内瑞拉南部，有一座茂盛的大森林，密叶如盖，遮天蔽日。森林中生长着大片鲜绿色的苔藓、卷曲的蕨类植物和各种闪着绿光的矮小灌木。鹦鹉在绿叶间放声高唱，许多小猴子在树杈上聊得热火朝天，还有一座宏伟的白色神庙。很久很久以前，这里曾是一个幸福的乐园，人们头戴花冠，载歌载舞。可现在却只有四处蔓延的藤蔓，有的高挂在门楣上，有的缠绕在窗棂上，还有院子里疯长着的蒿草，所有这些都不免让人心生凄凉。

早在神庙落成之前，这里就曾是一位国王的领地。他深受人民的爱戴，而他本人，不仅深爱自己的子民，而且对每一棵花草树木都充满了深情。没有人知道他从哪里来，有人说他来自大海，但他并没有和其他人一起乘船登岸，而是独自一人坐着一只美丽的大贝壳顺流漂来。于是人们就用当地语言称他为“乘贝壳而来的国王”。每当外出巡游或与民同乐时，国王总会戴着金绿色的羽毛头饰，身披绿松石蓝的羽毛斗篷，腰间系一条嵌着闪光宝石的黄金绶带，手持银长矛，足登金缕鞋。那根长矛只不过是个标志，因为当时根本就没有战争。这是一个国泰民安的太平盛世，人人丰衣足食，谁也不会担心战争的到来。这里盛产钻石、祖母绿宝石和红宝石之类的奇珍异宝，人们爱这些漂亮的宝石，它们就像闪亮的露珠所折射出的细微而曼妙的彩虹之光。至于别的物种，像玉米长得又高又粗，一个男子只能扛住一根；棉花也不像现在只有白色棉桃，而是色彩缤纷，红的、绿的、蓝的、黄的、猩红色的、橘红色的、紫罗兰色的，应有尽有。

贝壳国王的女儿还教会人们如何培育七彩棉花。她的美丽前所未有、举世无双，一头美丽的长发，乌黑光滑得像丝绸一样。她所到之处，空气中都充满了沁人心脾的清甜花香；百鸟会兴高采烈地竞相放歌，几乎要把嗓子唱哑；那些身材纤细的蕨类植物，也都低下头频频向她致意。

公主的美貌和善良传遍全国，爱慕她的年轻男子千里迢迢地从四面八方汇集而来。追求者太多了，所以每周都要安排一天时间专门让他们表演才艺或展示礼物，全国的百姓们都赶来观看。求婚者当中有的挽弓射箭，有的抛掷套索，歌唱家们唱起自己谱的曲子，演奏家们吹起清亮的长笛，他们的乐声精妙绝伦，就连高处的树枝也都弯下腰来聆听。当然还有那些礼物，许多人献上的都是雕刻成鸟兽或花朵的稀有宝石。可却没有一个人能打动公主的芳心。

早在国王到来之前，有一个来自“震泥大地”的邪恶女巫一直盘踞并统治着这个地方，她的名字叫特拉帕。贝壳国王用计将她驱逐了出去，从此人们再也不必担惊受怕。国王还设置了边境线，让哨兵们日夜防守，以免女巫入境为非作歹。女巫无奈之下只好白天蜗居洞中，夜晚在边境线旁潜行游荡，而且只在没有月亮的夜晚才会出来活动。

一天，一个衣衫褴褛的年轻人求见国王，并自报他名叫马可纳赫拉，国王高兴地接见了他。因为国王年事渐高，一直很想物色一个智勇双全的年轻人来接替他的王位。而公主只看了他一眼，就注意上了这个陌生的青年，因为她说她曾在梦中见过这张脸。国王追问她，于是她就说，她梦见自己跟着这个陌生人四处游荡，还睡在他的脚边，照看他的田地，为他缝制衣裳。国王听后大吃一惊，他的女儿竟要服侍一个衣衫褴褛的流浪汉，这也未免太离奇了！

第二天，国王问马可纳赫拉是否带了礼物，年轻人摊开空空如也的两手。国王想，既然如此，那就看看他的才艺吧，如果他是等闲之辈或无用之才，那最终只能请他离开。于是，国王选定日期，让他在众多追求者面前亮相，并与他们一决高下。马可纳赫拉在比赛中表现得非常出色！那个最优秀的弓箭手搭弓放箭，正中靶心，而马可纳赫拉却沉着搭弓，仔细瞄准，一箭射出后，竟将刚才那支箭从中间劈成了两半！他的套索功夫也毫不逊色，一下就能套中最小的物件。接下来是赛跑，跑得最快的人已经做好了准备，情况也是一样。这个人的确跑得像鹿一样轻快，而马可纳赫拉却奔跑如风，远远地把他甩在了后面。至于唱歌，陌生的年轻人一张口，百鸟便立刻安静下来。一曲终了，一大片黑亮的鸟翅膀、猩红的鸟胸脯、金绿色的鸟头和鸟背，便纷纷呼啦啦地飞下来，落在马可纳赫拉的肩头，令人眼花缭乱。

人群中随即爆发出巨大的欢呼声。所有的弓箭手、套索手、跑步健将和歌唱家都拥了上来，向马可纳赫拉表示祝贺和欢迎。因为这片国土上没有人嫉贤妒能，每个人内心都充满了对伟大和完美的追求，而对自己是否能飞黄腾达却毫不在意。而老国王则由于上了年纪，精力衰退，所以也很高兴能够发现这样一个可以继承王位的青年才俊。于是，他走下高高的宝座，把那件羽毛织成的黄袍披在了陌生青年的身上，羽毛一共有一千支，闪耀着绿松石的光泽。每个人都欣喜万分！公主也找到了自己的梦中情人，她感到非常幸福。这对年轻人热爱万物和自己的子民，而万物和民众也敞开心扉拥抱他们、热爱他们。

然而，女巫特拉帕从蝙蝠那里听说了这一切。她长着黑牙齿，蜷曲着长尾巴，目光冰冷，素来热衷于邪恶、暴力和战争，现在得知老国王死后将由另外一个人掌管此地，不由得怒火中烧。她一直在忍受漫长的等待，只等老国王一咽气，自己就能重振雄风。看到人们如此欢迎马可纳赫拉，她气得双唇紧闭，怒目圆睁，于是在一天夜里来到了一个名叫罗瑞马的岩地，那里住着一个野人，他拥有可怕的力量，整天深居洞中，蹲伏在一个冒着浓烟的火堆旁。特拉帕和野人围着火堆低语了好一阵，蝙蝠扑扇着翅膀飞进洞中想要听他们谈话，白色的蠕虫也凑到跟前使劲听着，因为这两个人是在密谋怎样对付马可纳赫拉。野人很赞同特拉帕的建议，就是以最快的速度冲到国境线，将正在那里站岗的哨兵踩扁在脚下，用他带有钝刺的大长头棍将马可纳赫拉暴打一顿。不过特拉帕知道，马可纳赫拉只需一箭就能迅速将野人置于死地。诡计多端的女巫突然想起来，在黑暗的森林深处生长着一种奇怪的植物，它能帮助他们打败马可纳赫拉。但由于那里藤蔓缠绕，她自己也没去过那里。于是，她将此事告诉给了野人。

听到这里，野人立刻像弹簧似的蹦起来，一路迈着大步，横冲直撞，直奔森林而去。沿途他拔倒了挡路的大树，掀翻了拦路的巨石，涉水穿过沼泽，像野猫一样爬上了怪石林立的悬崖，终于来到了长着那棵毒草的地方。他拔下毒草，在半夜之前赶回了洞中。特拉帕接过毒草，放在燃起的火上烤干，再捣成粉末，撒向空中。粉末借助风势飘落在国王和人民居住的土地上，不管落在哪里，凡是接触到粉末的地方，都会滋生出仇恨、怀疑、妒忌和贪婪。而粉末落在花草上，哪怕只是微乎其微的一点，花草也会立刻干枯死去。原先娇艳的花朵如今变得乱糟糟的，又黑又多刺，玉米也都枯萎掉了，甚至连气候也发生了变化——宜人的凉爽天气消失了，白天变得灼热难耐，夜晚却冰冷刺骨。许多居民还被一种莫名其妙的贪婪之心附上身，他们要求拥有更多的土地，并且为了达到目的，甚至还企图将别人赶出自己的家园。这个国家第一次发生了争吵，出现了暴力，就连老国王也发生了变化，他看到降临在自己国土上的灾难，竟听信谣言，认为马可纳赫拉是罪魁祸首。

人们中间开始传播流言蜚语，大家的窃窃私语扭曲了事实真相。马可纳赫拉外出散步时，看到了枯萎的花朵和凋落的果实，而且人们一见他就避而远之，这些都令他感到很难过。终于，人们的想法变成了语言，语言变成了行动，一天，一群人向他发起了攻击。他们手持棍棒和石块将他赶出了这片国土，并把他逼进一座大森林。森林里漆黑一片，死一样寂静，偶尔还从远方传来一两声鸟的悲鸣。

忧伤的马可纳赫拉用树枝和树叶搭了一个窝棚，整日独自在林中徘徊。他的生活中没有伙伴，直到有一天，一只瘦骨嶙峋的跛脚狗向他跑了过来。这只狗被棘刺刮得遍体鳞伤，又累又饿，马可纳赫拉便收留了它，为它清洗伤口，并精心照料它，还把自己的食物分给它吃。不过能吃的东西也是少得可怜：几个小野莓、几滴树胶，还有一点草根。

一天清晨，马可纳赫拉去溪边洗澡，那只狗却没有跟来。当他回到住处时，眼前的情景却让他大吃一惊：窝棚前面竟然出现了一大片田地！田地里玉米长得很茂盛，还有许多其他的农作物，个个都颗粒饱满、果实累累。可这些却是在不到一个小时的时间里长出来的！马可纳赫拉不由得满心欢喜，当晚就带上他的狗，绕着那块碧绿的田野散起步来，并在内心感谢着嗡嗡轻唱的蜜蜂、拂动绿叶的清风，以及与他做伴的这个唯一的生灵。第二天，他又去洗澡时，看见那只狗正在太阳底下睡大觉。可等他从溪边回来时，却发现那个用树枝和树叶搭成的小窝棚竟然变成了一个宽敞的大屋！里面摆放着干净整洁、闪闪发亮的各式家具，屋子四周花团锦簇、果树成行。鸟儿在枝头唱歌，闪着祖母绿光泽的蜂鸟在枝叶间快速穿行。他的内心再次充满了欣喜和感激。

第三天，他又装作要去溪边洗澡的样子，可中途就折返了回来，躲在屋子后面偷偷看着。很快，奇迹出现了：只见那只狗脱掉了狗皮，变成了一个亭亭玉立的漂亮姑娘，他一眼就认出那是国王的女儿。然后她就用七彩棉花织成的布给他做起了衣裳，动作轻巧娴熟，缝制出来的衣裳像花瓣一样从她手中轻轻滑落。缝好衣服后，她又忙着用柔韧的草叶编织吊床。

马可纳赫拉没有作声，只是像往常一样若无其事地去溪边洗澡。等他回来时，那只狗又跑出来迎接，用它湿漉漉的鼻头摩挲他的手心。第四天他又藏了起来，发现那只狗甩掉了身上的皮囊，公主立刻现身，然后走向花园，一大群蜂鸟向她飞来。这时，马可纳赫拉突然快速冲向狗皮，捡起来后扔进火炉，狗皮立刻像干树叶一样燃烧了起来。公主看见这一幕，欢快地大叫起来，因为魔法被解除了！马可纳赫拉知道，公主又有了一颗新鲜而充满活力的心。

两个年轻人手拉手返回了他们的国家。老国王闻讯后连忙出来迎接，全国的百姓也簇拥着马可纳赫拉，为他的归来欣喜若狂。因为此时人们已经知道，降临在他们头上的灾祸并没有因为他的离去而消除。他们为能再次看到公主而兴奋不已，因为谁也不知道她之前去了哪里，只知道她在某一天晚上突然失踪，而就在同一晚，一只狗急速地从人群中穿过，消失在黑夜之中。原来，为了达到邪恶的目的，女巫特拉帕对公主施加了魔法，把她变成了一只狗。尽管魔法能够接近善良的人，但却不能时刻束缚她，所以公主每天都有一段时间可以恢复她的原貌。

全国上下举行了一场盛大的欢迎集会。马可纳赫拉乘胜追击特拉帕，用一支带着银尖的利箭射穿了她的心脏。而来自罗瑞马的野人，则据说在得知女巫被杀死之后仓皇逃窜，最后沉入震泥地之中，从此再也没有人见过他。贝壳国王最终立马可纳赫拉为新一代君主，人们就在新国王曾经搭建窝棚和发现神狗的地方，建起一座白石神庙以示纪念。今天如果去奥里诺克，你还能亲眼看见这座神庙。

葫芦人

从前有一位母亲，她有一个独生子名叫奥拉，母子二人幸福地住在一个依山傍水的小屋里。即使是现在，如果来到圭亚那，你仍然可以欣赏到那里秀丽的湖光山色。

在那里，奥拉挺拔的身材和优雅的举止是很少有的，更可贵的是，他非常有礼貌，而且待人温和亲切。每当天色渐晚，他从外面捕鱼归来，便和母亲坐在习习的晚风中，一起观看落日的余晖，倾听从山上泻入湖中的银色瀑布所奏出的音乐。有时，山里的小动物们也会跑来在他们家门前嬉戏玩耍，活蹦乱跳的小刺鼠会找巨大的黑色美洲豹战斗，大穿山甲会任由珊瑚蛇缠在自己的身上，鸟儿则像流动的火焰一样穿行在绿叶丛中，白绿相间的大蝴蝶扇动着丝绸般柔滑的翅膀在花间翩翩起舞，尽情展示着自己的美丽。这些蝴蝶的飞行姿势让这位母亲深受启发，于是她照此用丝线草叶编织出一张舒适精美的吊床。趁太阳还没有坠入紫色的云床，无数的萤火虫还没有将灯笼点亮，蚁后会在此时高声大唱：

穿过森林，翻越山峦，
我们迢迢赶来，
遵循您的意志，
呼唤，奥拉，呼唤！

日子就这样过得平静而顺心。直到有一天，奥拉正准备去湖里捕鱼，却发现用来捕鱼的笼网被撕破了，更让他吃惊的是，笼网里的鱼也全部被吃光了。这样的事情还从未曾发生过，因为他知道附近的山里和森林里并没有什么坏人。正当他拿着破网迷惑不解时，听到身后响起一个声音：

穿过森林，翻越山峦，
我们迢迢赶来，
遵循您的意志，
呼唤，奥拉，呼唤！

他四下里看了看，发现一只啄木鸟正用亮晶晶的眼睛盯着他。于是，奥拉又在湖里放置了一个新笼网，并叮嘱啄木鸟帮他照看一下，然后就到不远处的森林里采野果。可还没走多远，他就听见啄木鸟“哒哒哒、哒哒哒”地喊了起来，于是他迅速转身往回跑，虽然跑得像小鹿一样快，但还是晚了一步，第二只笼网又被咬破了，甚至比第一次破得还要严重，笼网里的鱼自然也不见了。

奥拉只好第三次下网，让啄木鸟帮他照看，自己又去山里采果子。可还是没过多久，他又听见啄木鸟“砰砰砰、砰砰砰”的呼叫声，这次奥拉及时赶到了湖边。原来在水中靠近笼网的地方有一只巨大的湿地鳄鱼，长着土黄色的扁平脑袋，眼睛呆滞浑浊，眼皮厚厚的。奥拉见状，迅速搭弓射箭，箭像一道闪电一样正中鳄鱼两眼之间的部位。眨眼间，这只怪兽便消失在了水里。

笼网已经被鳄鱼破坏了一部分，奥拉把它修好后又走进了森林，可很快他又听到了啄木鸟的叫声，并且这一次叫得更响。于是，他再次风驰电掣般地赶回去，边跑边搭好弓箭。然而与上次不同，这次他看见的是一位身着白裙、亭亭玉立的印第安少女，她正站在湖畔伤心地哭泣。那一刻，奥拉对她产生了怜悯之心，因为他从没见过世间的生灵会如此地悲伤，而他自己生活得一直都很幸福。于是，他温柔地拉过少女的手，关切地问起她的名字。

“阿奴·阿奈图。”姑娘说着破涕为笑，笑容就像是夏日雨后的太阳。

“你从哪里来？”他继续问。

“一个很远、很远的地方，那里有很多大个的猫头鹰。”她一边回答，一边指着远处黑暗的森林。

“那你的父亲是谁呢？”他又问。就在这时，湖面开始出现骚动，平静的湖水泛起涟漪，奥拉猜想可能又是那只鳄鱼在作祟。

可姑娘并没有回答，反而再次双手掩面，弯下腰，乌黑的头发像绸缎一样散落下来。

看到她莫名其妙地悲伤起来，奥拉便不再追问，只是把她带回家并收留了她。奥拉的母亲对姑娘很关心，并把她照顾得无微不至。就这样，三个人在一起幸福地生活了好几个月。可一想起父亲，阿奈图还是会伤心得哭起来。

直到有一天，奥拉对阿奈图说希望她能做自己的妻子，并且说如果她愿意牵他的手，他就会带她回到她的家乡和她父母道别，并告诉他们她已经有了新的归宿，那是一个充满和平和光明的地方，还有一个深爱她的人。可听到这些，阿奈图的眼里却满是恐惧，于是又哭了起来。她告诉奥拉，这将是一次充满凶险又令人恐怖的旅程，沿途他们会遇到许多大蝙蝠、毛茸茸的灰蜘蛛，还有蜈蚣和其他可怕并有毒的东西。

“那你就和妈妈留在家里吧，我一个人去，”看着她惊恐不安的样子，奥拉说，“我会去找你父亲，并告诉他你在这里生活得很好！”

“那只会更糟，”少女哭着说，“那里有一个恶魔，我父亲已经被它附了身。如果他见到你，并得知我们在哪里，他一定会杀掉我们。”

这些话让奥拉很困惑，于是他决定去拜访一位住在湖尽头的有智慧的隐士。得知奥拉遇到麻烦之后，隐士沉思良久，并告诉奥拉如果他能像一个真正的男人那样无所畏惧，那么一路就会平安无事。“还有，”隐士补充道，“如果有人给你许多东西让你选择，就一定要挑最简单的。”

智者点到为止，之后便不再多说什么。奥拉回家后立即修理了一下独木舟，并劝说阿奈图和他一起上路。很快，两个人动身了。

正如阿奈图所说，沿途果然凶险叵测，很多时候他们必须要在黑暗的森林里探险，或是在高高的河床上航行。地表上的老树根蜿蜒起伏，伸向暗处，像毒蛇一样纠结在一起。他们不得不穿过沼泽，那里更是怪兽出没，让人心惊胆战：巨大的鳄鱼正在泥淖里睡觉，脑袋和房子一样大的黄色怪兽正潜伏在暗处。有时，他们一连好几个小时都在终年不见天日的密林里摸索行进，从密林更深处传来的奇怪的咆哮声，就连树木也会被吓得瑟瑟发抖。

经过多天的艰苦跋涉，他们最后终于来到一片平坦的沙滩，阿奈图告诉奥拉，这里已经是属于她父亲的地盘。

“我现在必须要离开你了，”她对奥拉说，“之后我的母亲会拿来三样东西，让你选择其中一个。记住，亲爱的奥拉，你一定要作出明智的选择，它将决定着一切。”然后，阿奈图便向奥拉挥手道别，走向高高的河岸，消失在奥拉的视线中。

没多久，河岸上便走下一位满脸皱纹、眼含悲伤的老妇人。她带来了三个葫芦，并把它们放在独木舟旁，让奥拉来选择其中一个。第一个葫芦顶端是一个金盖子，第二个是银盖子，第三个则是泥盖子。奥拉一一揭开盖子，发现第一个葫芦里装着猩红的鲜血，第二个装着鲜肉，第三个则装着一片木薯面包。奥拉想起了老隐士的话，于是毫不犹豫地选择了装着面包的葫芦。

“不错，”老妇人说，“在这片土地上，人们只信奉黄金，因此酿成了太多的流血和死亡；如果人们能选择土地里产出的东西则会好得多。既然你已经作出选择，现在我就要带你去见我的丈夫凯寇基。不过，他是一个无情的暴君，很可能会把你撕成碎片。”

奥拉别无选择，只好照着老妇人说的去做。他跟她走上河岸，在那里又见到了阿奈图。阿奈图和母亲把奥拉藏在离他们屋子不远处的一片树林里，然后进屋告诉凯寇基有客人来访，并让他做好准备。

当得知深爱自己女儿的年轻人就在附近时，老头儿气急败坏，暴跳如雷，冲出去折断了一棵粗壮的大树，就像折断一根芦苇一样，然后又像吃面包一样把石头嚼得粉碎。看来，此刻要想劝说他和奥拉见面真是困难重重，阿奈图只好恳求奥拉赶快回去，于是奥拉张开双臂将心爱的女孩紧紧抱住。可还没等阿奈图开口说话，奥拉就跑了出去。

原来，奥拉正是跑向那个屋子。可此时奇怪的事情发生了：粗壮的树枝纷纷落地，到处飞沙走石，在耳边嗖嗖作响。他飞快地冲进屋子，发现凯寇基并不在那里。正当他四处张望时，中了魔法的凯寇基飞一样地冲了进来。他的扮相真是怪极了：胳膊和大腿上紧紧地绑着绳子，绳子的另一端挂着野兽的牙齿和骨头，头上套着一个漆成绿色的葫芦，葫芦上还打了两个小洞，只露出双眼。凯寇基站住后停了一会儿，接着便发出雷霆般的吼叫，还不住地挥舞着胳膊跳来跳去，悬在绳子一端的牙齿和骨头碰在一起发出格格的响声。这一幕不禁令奥拉不寒而栗。过了很久之后，他终于停了下来，两只眼睛透过葫芦上的小洞盯着奥拉。

“你有什么本事？”他吼道，“你有什么本事？能把大树折断吗？能把石头嚼碎吗？能像我这样跳吗？”说着他又开始跳上跳下，并且跳得更加高，头上的葫芦都撞到了屋顶。

当他终于再次安静下来后，奥拉答道：

“我不能像你这样跳，也不能把大树折断，更不能把石头嚼碎，但我能用双手创造出任何你想要的东西。”

奥拉话音刚落，凯寇基便转了几个圈，又卖力地跳了三下，疯狂地晃动着那些牙齿和骨头。

“那就给我做一个神奇的凳子，”他大叫，“然后在凳子的一边刻上美洲豹，另一边刻上我的头像。一定要在天亮之前完成，否则就要了你的小命！”说完，他大吼一声，身体打着转，冲出了屋子。

奥拉知道这个任务很难完成，即使是在自己宁静的家乡也不容易做到，况且他还一直没见过凯寇基真正的面目，他很发愁自己要怎样才能在凳子上刻出他的头像。最后，他只好拿出刻刀，选了一块上乘木料，开始工作。他全神贯注，到了半夜时就只剩下凯寇基的头像没有着落了。无奈之下，他又去找阿奈图的母亲，请求她能描述一下自己丈夫的模样，但老妇人直接拒绝了他。她说，如果这样做，她那个无所不知并走火入魔的丈夫就会把他们全都杀掉。一个小时过去了，事情还是没有任何进展，奥拉的任务依然没有完成，可他的意志却还是和起初一样坚定。就在这时，阿奈图出现在了眼前，她拉住他的手，把他带到了另一个房子里。凯寇基正坐在这个房子的一个角落里睡觉，头上还罩着那个绿色的葫芦；而另一个角落里有一张吊床，于是奥拉轻手轻脚地爬上床，心想，如果自己能一直悄无声息地藏在这里，那个大葫芦说不定什么时候就会自己掉下来，这样他就有机会看到凯寇基的脸了。可是等了很久，凯寇基也没什么动静，奥拉开始感觉有些累。

突然，在靠近他的墙角处传来了一个低低的声音：

穿过森林，翻越山峦，
我们迢迢赶来，
遵循您的意志，
呼唤，奥拉，呼唤！

奥拉定睛一看，原来是一只小老鼠，他非常高兴。小老鼠先是在那个酣睡的魔鬼身上蹿来蹿去，然后开始一口一口地啃咬他的手指。眼看有些不耐烦的凯寇基就要拿掉头上的葫芦了，谁知，他却突然一把抓住小老鼠，把它扔到了墙角。

这时屋里又响起了另外一个声音，奥拉抬头一看，这次是一只蜘蛛正从天花板上坠下来。它一边往下降，一边说着：

穿过森林，翻越山峦，
我们迢迢赶来，
遵循您的意志，
呼唤，奥拉，呼唤！

这只蜘蛛在凯寇基身上缠来绕去，可结果也不比刚才好到哪里去，蜘蛛同样被他抓住扔到了一边。

凯寇基刚一睡着，又有成千上万只蚂蚁爬进了屋子，领头的蚁后高声唱道：

穿过森林，翻越山峦，
我们迢迢赶来，
遵循您的意志，
呼唤，奥拉，呼唤！

这些蚂蚁就像行军战士一样训练有素。不一会儿，凯寇基的双手、胳膊和大腿上就密密麻麻布满了蚂蚁，还有几十只甚至钻进了罩在他头上的葫芦里，这下他再也无法忍受了，跳起来揪掉葫芦，把它狠狠地扔到地上，然后又躺下来扒拉其他的蚂蚁。葫芦掉在地上摔了个粉碎，凯寇基之后又继续酣睡，整张脸就这样一览无余地暴露在了奥拉面前。

奥拉从藏身的地方看过去，只一会儿的工夫就记住了凯寇基的面部特征。他两眼之间的部位有一个被箭射中的印记，这一点没能逃过奥拉的眼睛。这时他才恍然大悟，原来凯寇基就是那只在湖里被他用箭射伤的鳄鱼！确定凯寇基再次睡熟后，他蹑手蹑脚溜了回去，继续工作，天亮之前终于在凳子的另一边刻上了凯寇基的头像。在他精心的雕刻下，所有看到这张凳子的人都能认出是凯寇基那狰狞可怖的脸。而当那个老头儿看到自己额间的箭印也被清晰地雕刻出来时，竟恼羞成怒，向上跳得更高。他除去遮面的葫芦，声称这个任务太简单了，命令奥拉必须再完成另外一个任务：

“日落之前，你要用羽毛给我建造一所房子。我会收光树林里所有的鸟，让你没有鸟毛可以用。”随后他又颁布禁令，不准任何人靠近奥拉所在的树林半步。接着他又上上下下地跳了好一阵子之后，才发出恐怖的尖叫声扬长而去。

四周安静了下来。奥拉于是抬起头唱道：

穿过森林，翻越山峦，
来吧，伙伴，
遵循我的意志，
奥拉在召唤，召唤！

接着便响起一阵巨大的哗哗声，鸟儿们从四面八方飞了过来。有海鸟、陆鸟、河鸟、湖鸟，有的翩翩而至，有的疾速而来，有的涉过千山万水；有的披着灰袍、衣着朴素，有的五色缤纷就像彩虹；还有嗡嗡作响、身子如同金粒般的蜂鸟，蹒跚而来、傲慢的鸵鸟，血红的火烈鸟和金色羽冠的鹪鹩[①]；有的在引吭高歌，有的静静不语，有的叫声则像金色的铃铛在相互碰撞，还有鹳、鹰、秃鹰、秃鹫、天鹅、麦鸡和小嘲鸫[②]。

群鸟们立刻忙了起来，它们进进出出，各行其是，不到一个小时就建好了羽毛房子。那是一座有史以来最精美绝伦的房子，在夕阳的照耀下，越发显得五色缤纷、流光溢彩。当覆盖上最后一片羽毛之后，只听秃鹫一声令下，所有的鸟儿都振翅起飞，震得连空气都跟着轻颤，随即一切又都归于沉寂。在奥拉看来，这项艰巨的任务简直就像是在眨眼之间完成的！

夕阳西下，凯寇基醒了过来，他还在大吼大叫、跳上跳下。当看到这座羽毛房子时，他张着大嘴，呆若木鸡，正要发怒时却突然感到口干舌燥，竟然连话也说不出来。羽毛房子放射出的光芒令他眩晕，亮瞎了他的双眼。随着一声惨叫，他一头扎进了森林深处。从此，再也没有人看到过他。据说他后来淹死在了满是沥青的湖里。

奥拉和阿奈图住进了羽毛房子，过上了幸福的生活。从那以后，那里的人们又重新变得亲切和蔼、彬彬有礼，渐渐忘记了那个充斥着邪恶和残暴的年代；并且开始懂得，有些东西是比黄金更加珍贵的！

---

① jiāo liáo，短胖的小型鸟、十分活跃，歌声嘹亮。——译者注

② cháo dōng，长着小嘴和尾巴，羽毛呈灰褐色。虽不美丽，但歌声宛如不断变化的淙淙流水。——译者注

战士拿哈

在智利最南端的合恩角附近，有一个地方，那里岛屿众多，寒风凛冽，常有大片大片的乌云急速地掠过阴暗的天空。积雪覆盖的山上流下一条冰河，河里大块破碎的冰块相互撞击，发出轰隆隆的响声，直奔入大海。狭长的山谷就像是雕刻在大地上的皱纹，山谷里阴森潮湿，奇冷无比，灰绿色的海水冰冷刺骨，数以万计的海鸟发出的叫声响彻天空。身形硕大的信天翁时而高飞在连绵起伏的大山中，时而盘旋在企鹅们栖息的岩石上，山谷里不时回响着海象的低吼声和海豹的尖叫声。这里人烟稀少，只有几个贫穷的印第安人居住，除了一片冰天雪地，他们对外界一无所知，仅靠捕鱼为生。这些人终年蜷伏在独木舟上，慢慢地在海上划行，全然不顾刺骨的寒风和落在他们赤裸肉体上的冰雪。

我走到那里时，曾遇见一个被遗弃的男孩，他独自一人生活在一个小岛上，那座小岛和一个运动场差不多大，他已经在那里生活了好几个月，依靠捕食河蚌和其他一些带壳的水生动物为生。因此，他住的地方堆满了贝壳。我们开始慢慢相互了解，我还详细问过他许多问题，但最终也没搞清他到底是怎么来到这里的。我猜想他大概也就十岁左右，很聪明，记忆力相当好，很快就能学会单词并记住一些东西的名称。我们在一起生活了三个月，他的心灵手巧常常让我惊讶不已，比如他能用瓶子碎片做箭头。可有时他又似乎显得很笨拙，比如解开绳结这样的小事就会让他很头疼，就连解开皮带扣也会让他觉得分外神秘。

一天，他想给我讲一个有关海豹的故事，因为那天早上我们看见了许多海豹。当时我在专心忙别的事，所以并没有在意去听。后来倒是他一脸认真的样子引起了我的兴趣，这才意识到由于自己的忙碌和疏忽，导致漏听了故事里的一大半内容。于是，我请求他再讲几遍，然后我把他讲的一些支离破碎的片段进行梳理，最后终于弄明白了其中的大概意思。

我决定用故事中男主人公的名字为这段故事命名，并按照我的理解用自己的话把故事叙述完整。如果用他的原话来讲，那故事大致只能是这样的：

“许多天，很久的一天，水下的人走在水里。吃人，我爸爸的爸爸，人们大声地喊。”这些话里肯定还有许多隐含的意思，而且他还要借用许多手势，比比画画，试图去解释和强调……所以，还是来看看我的故事吧。

许多年以前，住在这片土地上的人们一直饱受痛苦，因为他们对生活在海底的多毛野人束手无策。当然，大多数时间里他们还是能够安静地捕鱼；从独木舟向下看去，透过海水的绿光和阴影，他们看到那些海底人在海底的沙地上走来走去。虽然有些模糊，但还是能够看到他们被毛发覆盖的身体，还有蛇一样长长的胳膊和没有鼻子的脸。

然而，有时那些海底野人会成群结队地浮出水面，抓走陆地上的居民，将他们拖入海里杀死。由于这些野人数量众多，所以几乎不会遇到任何抵抗。而面对他们能在水面上疾走如风的本领，也很少有人能够死里逃生。伴随一声震耳欲聋的轰响，许多海底人会一齐冒出水面，摆成巨大的圆阵，将独木舟团团围住，然后再猛冲过去，或是以怪异的姿势滑过水面，将惊慌失措的捕鱼人拖进灰绿色的海水里。有时也会有极少数人侥幸逃脱，据他们讲，透过水体可以看到那些海底人把捕鱼人拖到巨大的岩石前，然后用坚韧的海草绳把他们牢牢地绑在石头上。

一天，海底人抓住了拿哈。拿哈是岛上的一个年轻人，身强力壮，发达的四肢像是粗壮的橡树树干，总是微笑着面对一切危险。一次，五个没有鼻子的海底多毛人想要攻击他，可拿哈扭断了其中三个人的脖子，并把他们打回了海底。他只是挥挥紧握的拳头，就把那些家伙打得摇摇晃晃，迅速沉了下去，海底人嘴角流出的鲜血漂浮在海面上，就像是绯红色的云彩。可没过多久，海面上又是一阵剧烈的骚动，又一批暴怒的敌人咆哮着浮了出来，那吼声简直就像是树林中呼啸而过的狂风。可拿哈依然镇定自若地站在独木舟上，嘴角挂着笑。敌人悄悄向他靠近，但却没有一个敢先动手，直到听见一声令下，才一窝蜂地跳上独木舟，压沉小船，拿哈便和这群多毛动物一起沉进了水底。目睹这场战斗的人们都说，就在海面恢复平静之后，周围突然陷入一片死寂，但这种死寂却像震耳欲聋的惊雷一样刺痛了人的耳膜。不过，坚贞不屈的拿哈是最后一个消失在海面上的，就在那一刻，他还依然在用拳头重击一个浑身长满黑毛的敌人，脸上带着轻蔑的笑容。

一切就像在梦中发生的一样。有人看见他们在海底的岩石中间混战，那些没鼻子的海底人层层围住这个勇敢的年轻人，却不敢靠近他，后面一群海底人则正越过前面人的头顶往前冲，还有的则悄悄在海底的沙地里潜行，想要用海藻编成的绳子捆住拿哈。就这样，一大批敌人在激战中被歼灭，那一天海水依旧拍打着海岸，可海浪却被鲜血染得殷红。没有人知道战斗是怎样结束的。后来，海底微弱的光线和海水中掀起的云团般的沙子也渐渐变得模糊，随即一切就都消失在了漆黑的夜色里。

就在这天晚上，当地的印第安人都为英勇不屈的拿哈流下了悲痛的泪水，他的鱼叉还是像闪电一样雪亮，他的独木舟还是像海燕一样在大海上乘风破浪。人们用低低的声音讲述着拿哈从不向困难低头的往事：讲述他曾怎样在漆黑的夜晚独自驾着独木舟迎战暴风雨，又曾怎样追踪一头大鲸鱼到达远海并且杀死了它，最终使岛上的人们免于灾难。

可第二天早上，伴随着海鸥的一声长鸣，拿哈又重新回到了人们当中。他从海水里走了出来，神情凝重，一语不发，直到吃过早饭，他又沉思良久，这才开口说话。

他向人们讲述了海底的情形以及战斗结束后自己所经历的一切。海底一战，敌人血流成河，尸骨遍地，他的心情也很沉重。杀出重围后，他在海底四处游荡，不知不觉进入了一个洞穴。这个洞穴很长，一眼望不到尽头，也看不见洞顶，周围笼罩着阴冷奇异的绿光，洞穴的地面上铺着金色的土和银色的沙，白色岩石之间结满了蜘蛛网，一群群色彩斑斓的鱼儿正欢快地在石头间进进出出，到处都是轻轻摇摆着身体的海藻。

不久，他便来到一个地方，看见一个女人正低头坐在一把白色的椅子上。她皮肤白皙，金色的头发散落在水中，像一片美丽的浮云。她问拿哈为何会来到这里，拿哈便把这场恶战的始末讲给她听，并告诉她由于海底的多毛野人作恶不断，岛上的人们一直生活在水深火热之中。

女人耐心地听着，用手托着脸，美丽的大眼睛里透着悲伤。拿哈讲完之后，她便告诉他，只有一个办法可以让岛上的人们获得自由，那就是召唤出“白色死神”。她还说了很多，之后又送给拿哈一个大贝壳，并说如果吹响贝壳，隐藏在七颗星星之下的“大寒之神”就会被释放出来，水下的多毛野人就从此只能永远待在原处无法动弹。最后，她从座位上站了起来，拉过拿哈的手，仔细凝视了他很久。

“许多人可能永远都不会知道，是你所做的一切给他们带来了福祉。将白色死神释放出来的人，自己也会永远被凝固住。我必须要让你知道这些，拿哈，免得你今后会后悔。”

拿哈讲到这里便停住了，他并没有告诉人们自己是怎样回到陆地上的，而只是把大贝壳拿出来给人们看，并说自己已经下定决心要让这里的人们获得解放。听到这样的话，人群中叫喊声一片，许多人主动提出要代替拿哈去吹响贝壳，并说只有拿哈才是他们部落里最好的首领。可拿哈拒绝了，他说，海下的那个女人曾告诉过他，在吹响贝壳之前，岛上所有的居民都必须举家搬到阳光明媚的远方去。如果他们还继续留在此地，不但无法将野人永远地驱赶回海底，他们自己反而会被冷冻起来。

人们议论纷纷，许多人不愿离开祖祖辈辈生活的地方，可拿哈坚持劝说让他们离开。几天之后，人们开始大规模地迁移，独木舟上载满了东西，准备起航奔向阳光下的国度，最后只有拿哈一个人留了下来。

拿哈又在岛上来回巡视了好几遍，唯恐还有人没离开这里，直到最后确信除了自己之外岛上再无其他人。当凄凉而寂静的黑夜降临之后，海鸟、信天翁、海鸥和海燕发现了那些没有鼻子的多毛野人又开始浮出水面，此时空中雪花纷飞，河流冰封雪冻。次日清晨，太阳升起，阳光照耀着这片银装素裹的天地。就在这时，拿哈将大贝壳放到嘴边，用力吹响，瞬间阴风呜咽，响声震天。

很快，整个世界开始变得模糊暗淡，令人昏昏欲睡，岛上的其他生灵都已追随迁徙的人们纷纷逃离，只剩下了没有鼻子的海底野人。四处寂静得可怕；大树却长出了角，绿色的树冠先是变成了黑色，后来又变成了鬼魅一样的惨白。四起的阴风肆虐般地打着旋，冰山漂浮在海面上，撞击着海岸，发出沉闷的轰鸣声；小山则被套上了一层绿色的外衣。

看到这些，海底野人高兴极了，他们还以为自己已经成了这片陆地上的主宰。可是没过多久，他们便开始害怕周围的一切，害怕这片积雪闪耀的银色大地，害怕那些迅速流动的阴云，还有凝固起来的厚厚的坚冰。于是，他们开始寻找海洋，却怎么也找不到了，只有厚厚的积雪下覆盖着的冰块。寒风刺骨，到处都是白色死神般的寂静。多毛野人蜷缩在岩石下避寒，但根本无济于事，直侵肌骨的寒冷让身体开始收缩变小，他们紧紧拥抱在一起，手肘插进腰间的毛发，腿也开始变得弯曲而短小。正是由于这次酷寒，海底野人全都变成了海豹，直到今天。

英勇的拿哈始终屹立不倒，直到一切开始发生变化，死亡渐渐袭来，他的眼中依然充满着蔑视。严寒过去了，拿哈慢慢死去。人们回来后发现水下那些没有鼻子的多毛野人已经永远被固定在原处，再没有力量去伤害别人。这些海豹经常瞪着大眼睛，生怕强大的拿哈苏醒后再次召唤来白色死神攻击他们。

魔　球

——丘普特部落的故事

在科迪勒拉山系一带，住着一个冰冷的女巫。每年开始飘下第一场雪时，她都会欣喜地站在岩石上，一边搓着两手，一边发出狂风一般的尖叫。因为她很喜欢在冬夜的月光下，看着绿色的乡野完全消失，山谷一片银白，树木被积雪覆盖，河流冰封雪冻，变成铁灰色。冬天是她狩猎的季节，也是她进食的季节；整个夏天她都在呼呼大睡。因此，当天空堆满铅灰色的云层，阴风开始呼啸，她的内心就充满了邪恶的狂喜。她一直在等，一直在盼，随时准备跳起来扑向那些被寒霜冻得僵硬的小动物，趁它们想躲进暖和的凹地里时逮住它们。

女巫浑身皱巴巴的，嘴唇极薄，目光冰冷，两只手就像是老树根，皮肤硬得出奇，连刀子都划不开，箭也穿不透。这是一个临海的小部落，人们对她又怕又恨，因为她会施展某种奇怪的魔法，将孩子们一个个弄走，但却没人知道她是怎么干的。事实上，一切都是因为她有一个闪闪发光、五彩缤纷的魔球，她总是把球放在孩子们玩耍的地方，诱惑他们；但成年人却根本看不见。

一天，一对兄妹在一个名叫奥瑞塔的湖边玩耍，一眼就看见了小山脚下的魔球。那美丽的光彩让妹妹娜塔莉娅满心欢喜，于是她想捡起球带回家去。可让她吃惊的是，当她就快要拿到球时，球却滚开了，然后向前滚一段距离之后又停了下来。于是她继续向前跑，眼看手指就要碰到，球又跑了，就像一片蓟花绒毛，总是让人抓不到。娜塔莉娅只好跟在这只球的后面，每次看起来都触手可及，可就是怎么也够不着。就这样她一直在前面跑，哥哥刘易斯就小心地跟在后面，唯恐她遇到什么不测。追球时还发生了一个奇怪的现象，就是每次球停下来时，总是会靠近一片浆果丛、灌木丛或是一汪水晶般清亮的泉水。因此和其他所有受到诱惑的孩子一样，娜塔莉娅停下来休息时总能发现一些吃的喝的来补充体力，所以她一点也不觉得累。这真是太奇怪了！可只要她一开始追赶，那只球就会在魔法的作用下蹦跳着继续向前；而且处于魔法控制下的人们也不会注意到时间的流逝，此时一个白天过得就像一个小时那么快，一个夜晚就像掠过一片乌云一样迅速。

最后，娜塔莉娅和刘易斯追着球来到了山谷深处，那个名叫瑞欧·奇可的女巫平时就在这些大山丘间奔走游荡。这里阴森晦暗，乌云低低地压在头顶上，地上散落着裂开的巨石，到处都是斑斑的残雪。不久，空中便开始飘下大片大片的雪花。兄妹俩有些害怕，因为一路走来，他们迂回曲折地跑来跑去，显然早就已经迷路了。可那只球还在向前滚动，只是速度慢了许多，两个孩子只好继续紧跟在后面。这时，山谷里的空气更加冰冷刺骨，阳光也越发暗淡。当他们追到一块黑色巨石面前时，球终于停住了，兄妹俩喜出望外。

娜塔莉娅把球捡了起来，盯着它那美丽的光彩，但也就是片刻，当她刚要开口说话时，球便像破裂的肥皂泡一样消失了。她十分难过，刘易斯就想法逗她开心，可这时他才发现妹妹双手冰冷，于是就把她带到岩石背面暖和的地方。在那里，他发现了一个小凹洞，像是两只巨大的胳膊圈成的一个避风港。娜塔莉娅便蜷进这个长满青苔的石头缝里，很快睡着了。但刘易斯知道，等妹妹一醒过来，他们必须立即寻找回家的路。想到这里，他坐了下来，想要观察一下周围的地形，可不大一会儿，他也开始瞌睡得睁不开眼，只觉得非常累，心里也很难过。他努力让自己保持清醒，甚至用手指使劲撑开眼皮，费力地盯着深谷对面山顶上的最后一抹余晖，可即便是夕阳的亮光也会让他发困。接着，只见松树在缓缓地向他点头，山坡上传来微弱的嗡嗡声，树叶也在向他低语。就这样，刘易斯很快沉沉地睡了过去。

躲开咆哮的暴风，娜塔莉娅在巨石臂弯的小凹陷里睡得舒服极了。她梦见了自己的家，依稀中妈妈一边给她梳头发一边在唱歌。她沉浸在美妙的梦境里，忘记了饥饿和困倦，忘记了身边裸露的黑色巨岩和残雪斑斑的小山。相反，她好像回到了家里，温暖的火光跳跃着映在墙壁上，照得爸爸古铜色的脸庞红润润的，可爱极了，他正在拾掇他的骑马装。她还看见了哥哥，一头闪光的黑发，樱桃一样红润的嘴唇。可这是怎么回事？妈妈怎么变得这么粗暴？她开始随意扯自己的头发，疼得她轻轻地叫出了声，随后立即醒了过来。借着一点亮光，她发现自己正在一个石头缝里，山顶扑下来的飕飕冷风将寒气直吹进自己的骨头，更可怕的是，她面前竟然还站着一个山林老巫婆。那个巫婆正用她那弯曲多结的食指冲着自己指指点点，长长的手指甲和脚趾甲简直就像是尖利的爪子！

娜塔莉娅想站起来，可根本不行。当她弄明白眼前的一切时，整颗心顿时凉成了石头。原来在她睡着时，那个抚摩和梳理她头发的竟然就是这个可怕的女巫！女巫向她施展了魔法，让她的头发长进了石头里，并且粘得非常紧，连头都转不了，唯一能做的就是向前伸出手臂。看着不远处的刘易斯，她可怜地呼喊着哥哥，可不知怎的，哥哥却一点反应都没有。相反，他一直站在那里，张着双臂，像是在黑暗中摸到一堵高墙，胡乱地舞动着双手。娜塔莉娅哭了起来，她哪里知道，原来是女巫用一道魔咒困住了刘易斯，在那块岩石前面竖起了一堵看不见的高墙，就算他使尽力气也翻不过来。就在这时，刘易斯听到女巫扯着她那放鞭炮似的高嗓门唱道：

到处是卵石的山谷，
到处阴风呜咽的山谷，
来吧，人类，来吧。

阴冷而又惨白的山谷，
寒冬深夜的山谷，
来吧，孩子，来吧。

就像插入箭靶的箭杆，
径直走进这寒冷和黑暗，

来吧，人类的孩子，来吧。

然后她停住了，站在那里，抬起树根似的手指。很快，不远处传来了歌声，那是一只白色的大个猫头鹰，它在唱着：

黑暗之灵，无名之灵，

我们不要火把的红色火焰和光明。

此刻，四周一片漆黑，死一般的寂静，只有天空中几点微弱的星光在闪耀。可猫头鹰的歌声一停，山顶那边就出现了一大片明亮的光，原来是月亮露出了她苍白的面孔。紧接着又是一声雷鸣般的巨响，女巫的身形和岩石融为一体，猫头鹰则使劲扑扇着翅膀飞走了。

“哥，”娜塔莉娅悄声说，“你听见猫头鹰唱什么了吗？”

“嗯，娜塔，我听见了。”刘易斯答道。

“哥，你过来吧，我好害怕！”娜塔莉娅几乎要哭出来。

“娜塔，”哥哥说，“我也想过去，可是不行，前面好像有什么东西在挡路，我能看见你，可就是怎么也穿不过这个东西，也推不倒它。”

“翻不过来吗，亲爱的哥哥？”娜塔莉娅问道。

“不行，娜塔。我已经在尽力往高处爬了，可那堵看不见的墙也在增高。”

“难道就没有别的办法吗？你绕到石头那边看看，哥，我一个人在这里，觉得又冷又怕！”

“娜塔，我看了看周围，情况也是一样。我既穿不透它，也翻不过去，又不能从下面爬过去。不过我会一直在这里陪你的，别怕。”

听了哥哥的话，娜塔莉娅捂着脸，低低地抽泣起来。虽然她努力没哭出声，可刘易斯还是看到她的脸颊上滚落的泪水，变成了珍珠似的白色小冰晶，他心里很难过。过了一会儿，娜塔莉娅抽泣着说：

“哥，你听见猫头鹰唱什么了吗？”

“听到了，娜塔。”

“你没听出点什么吗？”

“没有。”刘易斯如实回答。

“听我说，”娜塔莉娅说，“有一句是这样的，‘我们不要火把的红色火焰和光明’，对吗？”

“是有这么一句。不过，这是什么意思呢？”

“我想他是在告诉我们，哥，这个恐怖山谷里的所有东西都怕火。要不你先走吧，先离开我去寻找火源，然后再马上回来。我一个人在这里实在可怕，所以你要尽快回来，尽快！”

听了这话，刘易斯心里很难过，因为他不愿把妹妹一个人丢在这么危险的地方，可妹妹一直在催促他：“快点，哥，快去！”

即使是这样，他也仍然在犹豫。就在这时，一阵强风吹过，伴随一声呼啦啦的巨响，一只秃鹫从巨石上方低低地盘旋而过，低声说着：“火能战胜冰霜死神。”

“哥你听，”娜塔莉娅说，“快去找火种，天黑之前要赶回来。”

刘易斯终于下定决心离开。他向妹妹道别后，便跟随着在半空中飞旋的秃鹫，向下面的山谷进发。秃鹫在半空中来回地猛冲盘旋，刘易斯知道这只大鸟是在给他带路，于是就跟在它后面奔跑。没过多久他就看见一条河，于是沿着河岸一直走，最后来到有许多条支流交汇的一片低湿的草滩。

在那里，刘易斯看到了一座房子，是用石头和泥巴垒成的。房子有点破，但却舒服地依偎在暖和的山窝里。附近没见一个人影，不过眼看秃鹫在空中越飞越高，越飞越远，最终缩成一个黑点，刘易斯知道，此时最明智的做法就是留在这里，看看接下来会发生什么。于是，他推门进屋，火炉里还有火的余烬，红红的余火被封得很严实，以防被熄灭。看样子，主人很快就会回来。刘易斯也丝毫不感到拘束（丘普特部落的习俗就是如此），他在门外不远处的泉边打来了清水，又拾了些木柴，整齐地码在火炉边，然后把余火吹旺，又添上干树枝，看到红亮的火苗蹿了起来。接着他又拿起细树枝做成一把扫帚，把屋里清扫得干干净净。

刘易斯不知道房子的主人是怎样进来的，总之，他就是出现了，坐在火炉边的凳子上。这是一位老者，看到屋子被收拾得干净整洁，却并没说什么，只是点点头，然后端来了面包和巴拉圭茶，示意刘易斯一起吃饭。吃过饭后老人开口问道：

“白色女巫非常邪恶，只有一个办法能够打败她。年轻人，你能告诉我制胜的秘诀是什么吗？”

刘易斯想起了秃鹫的话，于是便重复道：“火能战胜冰霜死神。”

“没错。”老人点点头，接着又缓缓地说，“你妹妹还在那里受冻。现在，我们见多识广的朋友秃鹫也在这里，来听听它还想说些什么吧。”

此刻，寒冷已让她呼吸渐渐微弱，

火能战胜冰霜死神。

大鸟说完，便急速地向远处盘旋而去。

秃鹫还没飞远，一只火鸡就跑了过来，站在那里咯咯地叫了一阵，老者便给了它一根点着的树枝，把秃鹫刚才的话又重复了一遍。

火鸡叼着燃烧的树枝迅速跑开了，刘易斯和老者看到它勇敢地穿过泥泞的沼泽，一路向前飞奔，很快就来到一个浅水湖边。但它并没有停下来，而是加快步子径直涉水而过，动作飞快得将激起的波浪一下子冲到对岸。它高高举起树枝，可还是让飞溅的水花浇灭了火苗。见此情景，它只得掉转回来，将那截发黑的树枝放在了老者脚边。

“再给我一根吧，那个小女孩已经在发抖，”火鸡恳求道，“这一次我会从湖边绕过去。”

“不，不行。”老人答道，“你应该知道，当水怪亲吻过火神，火神就会死去。所以，你要记住，从现在起，你的羽毛上将会永远留下一个水印。”

秃鹫此时再次俯冲而下，后面紧跟着飞来的一只野鹅，用力扑扇着翅膀。秃鹫依然在唱：

此刻，寒冷已让她呼吸渐渐微弱，

火能战胜冰霜死神。

之后便又朝着女巫所在的山里飞去。

老人同样给了野鹅一根燃烧的树枝，这只勇敢的大鸟立即动身，径直朝秃鹫消失的方向飞去。它飞呀飞，飞过了野草地，飞过了浅水湖，只在积雪覆盖的小山上停了一下。因为火就要烧到它的嘴巴，它只好把树枝先放在雪地上，换了个更好的姿势，结果当它再叼起树枝时，树枝已经变成了一段焦炭。极度悲伤的野鹅带着发黑的树枝又飞回那座房子，请求老者再给它一次机会。

“不行，”老人说，“白雪皇后的亲吻对于火神来说只能意味着死亡，这一点你必须记住。从现在起，你的羽毛将会永远像火的余烬一样灰突突的。不过，秃鹫来了，我们必须先听听它带来的消息。”

野鹅只好伤心地飞走了，从此，它的羽毛变成了火灰的颜色。秃鹫再一次盘旋在低空，边飞边大声唱道：

她的呼吸越来越弱，
冰霜死神必会在黑夜降落。

说完像一只离弦之箭一样疾飞而去。

秃鹫刚离开，一只长腿长嘴的火烈鸟就落在了地上。

“你的嘴巴很长，”老者说，“飞得也快，毕竟现在树枝已经太短了。”

火烈鸟衔起树枝的一端，以最快的速度朝山里飞去。刘易斯觉得自己也不能再耽搁，于是像敏捷的小鹿一样跑了起来。一只鸵鸟看见了他，便张开两只船帆似的大翅膀跟了上来。刘易斯把一只手搭在鸵鸟背上，在鸵鸟的帮助下，他跑得和火烈鸟一样快。而火烈鸟也在空中疾驰如箭，一刻也不停歇。尽管火苗烧着了它的脖子和胸脯，周身先是变成了粉红色，接着又变成深红色，可它完全没注意到这些。它径直飞进山谷，落在困住娜塔莉娅的那块岩石边，将燃烧的树枝放在岩石南侧的一堆干苔藓上，火苗立刻欢快地跳起了舞。就在这时，随着一声巨响，那块黑色的巨大岩石崩裂成了上千个碎片，女巫的魔力从此一去不复返。重获自由的娜塔莉娅急忙用冰凉的小手拍打火烈鸟的胸脯，烧伤很快愈合，但作为英勇无畏的见证，从那天起，火烈鸟的胸脯就变成了红色。

娜塔莉娅和刘易斯就这样在山谷里快乐地生活了许多年，各种各样的鸟儿在这里逗留、栖息并哺育后代，与兄妹两个做伴。而那个白色女巫的魔球，也许只能永远在人们的记忆当中寻找了。

蜂鸟与花朵

“早上好，美丽的花朵！”

“早上好，亲爱的蜂鸟！”

“请问，我能向你借一些花蜜吗？”

“当然可以，这里有很多，你随便用。”

“谢谢，你真好。我用什么来回报你呢？”

“我知道的不多，因为无法走动，所以我喜欢别人讲故事给我听。我想让你告诉我，你怎么会有这么漂亮的衣服？每当看到你闪闪发光地从我身边飞过，我都会很好奇。”

“真的吗？好吧，让我想想。我听说，可能是因为一只老鼠，对，应该就是这样。”

“老鼠？怎么可能，小蜂鸟？你知道，一只老鼠？黯淡无光、灰不溜秋的老鼠。”

“好吧，如果不是老鼠，那就是泥巴。”

“亲爱的蜂鸟，你一定是搞错了。谁都知道，泥巴也是灰不溜秋的。你能别嗡嗡地飞了吗？好好想一想。”

“啊！我知道啦，是因为一头豹子。”

“亲爱的，亲爱的，还是不对。你是说一头豹子吗？我一定是听错了。”

“还不对吗？好吧，那就是因为他们三个，老鼠、泥巴和豹子。所以，现在……你的花蜜真甜！”

“没错。很高兴你这么夸奖我，可还是请你给我讲讲你漂亮的衣服吧。”

“噢，好的。我忘了，只顾着你的花蜜了。我要考虑的事可真多。好吧，我想起来了。昨天鸽子帕洛玛才告诉过我，可现在已经过了一天一夜，要记住一个这么长的故事，还真是不太容易。”

“那就趁你忘掉之前快点告诉我吧。”

“好吧。要知道，以前所有的蜂鸟都是灰色的。”

“我也这么听说的。”

“没错。一天，一头大个的豹子正静悄悄地穿过森林，不巧踩在了一个老鼠窝上，把所有的鼠宝宝都给踩死了。”

“天哪，这真让人难过。”

“是啊。鼠妈妈回家看到发生的一切，十分生气，痛骂那头豹子是个笨拙的大个子，也不好好看自己脚下的路。”

“说得对，小蜂鸟，她肯定会非常生气。我常常想，如果老鼠、豹子和其他所有动物也都能静止不动，那该多好！可事实上他们总是跑来跑去、上蹿下跳，所以，发生这样的事情也不足为奇。想想看，如果大树、灌木，还有我们花朵也能像动物那样走来走去，那结果会是怎样？大树会践踏小花，带刺的灌木会到处乱跑，把娇弱的花草扎伤，把葡萄藤的薄皮擦破。所以说，如果现在我是女王的话，就会颁布一道法令，让森林里所有四条腿的动物都必须安静地待在一个地方成长，就像我们花朵一样，而且——”

“请不要打断我的话，好吗？不然，我可能会把故事给忘了。”

“噢，真的很抱歉，请你继续。”

“好的。那头豹子自然向鼠妈妈解释了为何会发生这样的事，并向她道歉并保证下次一定会加倍小心。可鼠妈妈还是在责骂豹子，并且怀恨在心，准备找个机会惩罚他一下。”

“可是，小蜂鸟，既然他已经向她道了歉，并且如果还不管用的话，在我看来——”

“说真的，亲爱的小花，你必须安静地听，你不知道讲这个故事有多难，请不要插嘴。接下来，有一天，豹子正在睡觉，鼠妈妈蹑手蹑脚地走到他跟前，用从树上弄来的树胶粘住了他的双眼，然后又从湖里挖了些泥巴糊在树胶上面。就这样，她在豹子的眼睛上涂了许多层树胶和泥巴，直到豹子再也看不见白天和黑夜。”

“天哪，这也太残忍了，好可怕。我同情鼠妈妈，但也同情豹子。”

“好吧，不管怎样，这证明就是一只老鼠、一头豹子和一堆泥巴，我刚刚说过。”

“可是，亲爱的，这和你色彩缤纷的衣服有什么关系？”

“我正要往下讲呢，你又插嘴。后来，豹子每天都在痛苦地嚎叫，并惊动了鳄鱼，被吓坏了的鳄鱼便悄悄潜进了水底。可一只蜂鸟听到叫声后，却飞过来问豹子发生了什么事。”

“那只蜂鸟心肠真好，豹子说了什么？”

“他把事情的经过告诉给了蜂鸟，并让蜂鸟杀掉鼠妈妈，可是蜂鸟没有答应。”

“当然不会答应，我就从来没有杀死过老鼠。”

“然后豹子又对蜂鸟说，如果她能把他眼睛上的树胶和泥巴弄掉，他会拼尽一切力量回报她。可爱的花朵，你知道豹子是很聪明的，他去过很多地方，所以见多识广。”

“这一点我不太确信，小蜂鸟，整个夏天里我一直在往上长，也算是走了好长一段路，可我知道得并不多。”

“那不一样。没人会想让一朵花变得聪明，只要漂亮就行了。”

“噢！”

“请你好好听，别讲太多话。”

“非常抱歉打断你，小蜂鸟。”

“那只蜂鸟于是对豹子说，她想拥有一件和太阳鸟一样漂亮的衣服，可到哪里才能找到那么鲜艳的颜色呢？豹子还没来得及回答，她就又问他，那些藤本植物是怎么开出五彩缤纷的花朵的？”

“这是我听过的最有趣的故事了，希望不要太快就结束。那豹子呢，他知道吗？”

“当然知道。他不仅告诉蜂鸟，花朵的颜色来自泥土，还告诉她哪里会有五彩的泥土，哪里会有黄金、白银和红宝石。于是蜂鸟就在豹子的眼睛上啄来啄去，直到树胶和泥巴全部脱落，豹子终于重见光明，并发出欢乐的吼声。一整天里，豹子和蜂鸟都在不停地忙碌，他们找来了五彩的泥土和沙子，找到了黄金、白银、红宝石和猫眼石，并从落日那里找到了蓝色和深红色，从星星和月亮那里找到了银白色，从森林的绿荫那里找到了柔和的绿色，又从乌木那里找到了黑色。最后，蜂鸟就用这些颜色把自己装扮起来，又从蜘蛛那里借来柔软透明的丝线，让自己的翅膀变得像薄雾般轻盈美丽。好了，这就是蜂鸟会拥有如此漂亮衣服的原因。”

“我好高兴，自己又长见识了，谢谢你给我讲了这么好听的故事，亲爱的小鸟。”

“可爱的花朵，也谢谢你给我这么甜的花蜜。”

“你要走了吗？那我们就说再见吧。”

“再见，花朵。”蜂鸟说完，便嗡嗡地飞走了。

艾尔·埃拿诺

艾尔·埃拿诺一直住在阴暗的大森林里，没有一个人喜欢他。因为他总是喜欢潜伏在暗处，每当有樵夫经过，他就会突然跳出来，朝他们扑过去，一顿痛打之后又抢走人家的干粮。他身材矮胖，皮肤焦黄，长着锯齿般的大暴牙，罗圈腿，双臂扭曲，面目狰狞，有时还用四肢爬来爬去，稀稀拉拉的胡须垂在地上，活像一只多脚的大蜘蛛。有时他心血来潮，还会把自己缩成一个小孩，可这时的样子也十分可怕，因为体型变小，皮肤层层叠叠地堆积下来，下垂的胡须就像一件破外套似的把身体包裹了起来。

如果仅仅是这些花招，人们倒还可以原谅，可他还有更恶毒的把戏，实在让人难以忍受。最让人反感的就是，他常常会在夜里神不知鬼不觉地绕着人家的房子转来转去，而人们正在屋里唱歌聊天，一点防备都没有。见此情景，艾尔·埃拿诺就会藏在阴影里，倘若看到有人出来去泉边打水，就会跳出来，紧紧揪住那个男孩或是男人的头发，又撕又咬，直到把那人抓得浑身血淋淋的才肯罢休。受害者逃走后肯定会往屋里跑，艾尔·埃拿诺于是就在后面单腿跳着，快速跟上去，在那人的手刚要落在门闩上的一刹那，再次抓住那个可怜的人。这时就算呼救也无济于事了，因为艾尔·埃拿诺会施展静音魔咒，即便那个人用尽全力，也说不出一个字、发不出一声叫喊。

他还有一个伎俩，就是把身体贴在地面上将自己藏起来，然后冷不防伸出又长又灵活的手，去抓男孩或女孩的脚踝。但比起另一个恶习来，这还不算是最糟的。他经常会发出像是下雷雨或是下冰雹的声音，听到这种声响后，屋里的人们就会到窗边关窗。而此时艾尔·埃拿诺则会站在黑暗里盯着对方，脸贴着窗子咧着嘴笑，眼睛里放射出红宝石一样的光芒，双手托着长胡须，就像是一挂恐怖的窗帘。这会让人感到极其不舒服，尤其是当家里只有一个人的时候。即便是埃拿诺离开了窗子，情况也好不到哪里去。他还会在别人的院子里单腿跳上跳下，一连闹腾好几个小时，同时发出尖声的嚎叫，并朝房子扔棍棒和石块。所以，无论他出现在哪里，都会令人毛骨悚然。

一天，一个善良的老婆婆提着篮子去森林里采浆果。艾尔·埃拿诺看见她，便立刻把自己变成了一个婴儿。在两棵丑陋的光树干之间，恰好有一片鲜绿的苔藓，他于是仰躺在苔藓上，假装睡着，偶尔还发出几声小孩做噩梦时受到惊吓的呜咽声。

好心的老婆婆虽然老眼昏花，耳朵倒还好使，听到轻柔的哭喊声后，便循声看去，于是就发现了这个小东西。她把他抱在怀里，腰弯得比以前更加厉害，因为埃拿诺虽然体型缩小了，可体重却还和原来一样。

“噢，可怜的小东西，”老婆婆说，“不知是谁家丢了孩子。可能是什么野兽把这个柔软的小东西从家里叼了出来。看来我得好好照顾他，别让他丢了小命。不过说真的，我还从没抱过比他更重的婴儿呢。”

老婆婆一个人住，自己没有孩子，因此尽管生活穷苦，她还是非常乐意和任何一个需要帮助的小家伙共享她的所有。她小心翼翼地把他带回家，往火炉里添了些干柴，又用细树枝给他做了小床，还在上面盖了一个羽绒垫子，接着她又急忙去拿牛奶和面包给这个小东西当晚餐。做这些事情时她的心里乐滋滋的，因为她觉得自己从那个黑沉沉的大森林里救出了一个不幸的生灵。

小东西很快就把牛奶和面包一扫而光，然后哭嚷着还要。看到这个无家可归的小家伙胃口这么好，老婆婆起初还很开心。

“上帝保佑！一定是饿过头了！”她说，“那就把我那份也给你吧。”于是她拿来自己的晚餐，艾尔·埃拿诺接了过去，狼吞虎咽几下就吃得精光，速度还是一样快。可之后他还是哭嚷着要吃的，老婆婆只好到左邻右舍去借，东家一块面包，西家一碗米饭，结果那天晚上，全部落一半的孩子都没吃饱。这个怪物吃光所有借来的食物之后，还是吵嚷着要东西吃，发出的叫喊声简直能把人的耳朵震聋。更可怕的是，随着食量越来越大，他的身体暖和了起来，然后开始不停地膨胀、膨胀。

“上帝！”老婆婆惊叫，“这个奇怪的东西到底是什么？这哪里是小婴儿，分明是个大孩子，而且还很丑，我觉得这可能就是他和他妈妈失散的原因，他一定很伤心。”于是老婆婆越觉得他长得难看，就越精心地去照顾他，因为她很内疚于自己觉得这个孩子长得丑，尽管她总是会不由自主地这么想。而那个怪物呢，吃光屋里所有的食物后，便咕哝了两声，重重地歪在一边开始呼呼大睡，还发出可怕的呼噜声。

第二天早上，情况变得更加糟糕。艾尔·埃拿诺仰躺在火炉前的地板上，恢复了本来的面目，一看见老婆婆就要吃的。他的叫喊声震得玻璃直颤，甚至全部落的人都能听得到。家里已经没有任何食物，没办法，为了让他安静下来，好心的老婆婆走出家门，把自己的奇遇讲给邻居们听，请大家帮忙拿个主意。于是，人们都拥到她家里看个究竟，发现埃拿诺骄横跋扈、丑态百出，一个勇敢的年轻人便站了出来，告诉他早就应该离开这里。听到这话，这个丑陋的家伙尖叫了一声，露出邪恶的坏笑。

“喂，快去拿吃的来！”他一边喊着，一边用血红的眼睛盯着那个年轻人，“快去拿吃的来！我说，等我吃饱了就会离开。不过，最好别给我拿那些小孩子吃的东西，你们要准备二十六份大人的饭，还要一只烤穿山甲、一头猪、一只大鹅，还有许多鸡蛋，以及二十桶牛奶。最好别磨磨蹭蹭的，因为在等待开饭时，我会让自己消遣一下，你们最好不要介意我消遣的方式。”

事实上，在场的人有谁会不介意呢？他的消遣方式就是砸东西取乐，屋里的桌椅板凳、瓶瓶罐罐，全都逃不过他的魔爪。他在老婆婆的屋子里制造了一场惨不忍睹的大浩劫，之后还嫌不过瘾，又冲到别人家去，打碎门窗，把花连根拔起、扯碎，将奶羊和鸡群追赶得四散奔逃，还挑拨狗互相打架。直到准备好食物，他才停止恶作剧，跳到这堆食物上，以惊人的速度拼命往喉咙里塞，连一丁点骨头渣和面包屑都没剩下。

人们站在那里看着，用手捂着嘴，低声耳语，被眼前的一幕惊得目瞪口呆。最后，食物被吃光喝净，先前发言的那个勇敢的年轻人又走上前去，“现在，先生，”他对埃拿诺说，“既然你已经吃饱喝足——恐怕可以说是吃得太撑了吧，那么就该履行你的诺言了。去做你自己的事吧，让这个可怜的老婆婆，以及我们大家，安静一会儿，行吗？”

“不，不，不！”埃拿诺大叫，声音越来越高。

“可你答应过我们！”年轻人说。

这个怪物的回答几乎让在场的人害怕得昏厥过去。只听他说：

“我答应的是吃饱后再离开，可我还没吃饱——”

勇敢的年轻人打断他说：“可你已经吃得够多了。”

“噢，是的，就一顿饭来说是不少，”埃拿诺粗鲁地答道，“可我说的是天天让我吃饱，我才会离开。今天是过去了，那明天呢，明天晚上呢，还有后天，后面的一天，再后面的一天……我可是每周、每月、每年都要吃饱的！如果以为我总有一天会吃饱，那你们可真是够蠢的。所以说，我不会离开。绝不！绝不！”

说完，怪物扬扬得意地大笑起来，随即抓起手边的东西往墙上扔去，就这样，许多精美的器物被他砸了个稀烂。

同样的情形持续了三天，最后人们实在是无计可施，因为部落里几乎所有能吃的东西都被这个怪物统统塞进了肚子。看到眼前发生的一切，那个善良的老婆婆束手无策，于是走出家门，坐在一个安静的池塘边伤心地哭了起来。她原本出于好心，可现在却造成了如此恶劣的后果。她含辛茹苦垒起来的心爱小屋一直都干净而温馨，可现在却变得乌烟瘴气、一片狼藉。这些对于她来说都是毁灭性的打击，她怎么能不伤心呢？突然，她的胡思乱想被一个声音打断了，她转身望去，原来是一只银灰色的狐狸，正蹲在一块岩石上面看着她。

“大哭一场也没什么不对，”它说，“不过，开心一点、大笑一场不是更好吗？”

“啊，晚上好，狐狸先生。”老婆婆说着擦干了眼泪，“可在一只可怕的怪物把一切都吃光吃净以后，谁还有心情去笑呢？看到自己惹来的祸害让邻居们也跟着遭殃，除了伤心我还能做什么？”最后这句正说明老婆婆是那种常常因他人不幸而感到难过的人。

“不用多说什么了，”狐狸说，“我知道所发生的一切。”说着它把头稍稍歪向一边，像是一只聪明的小狗在微笑。

“可究竟要怎么做呢？”老婆婆问道，“说真的，我现在真的很麻烦。那个怪物扬言除非让他一辈子都能吃饱喝足，否则会一直胡作非为下去。可以肯定，他会永远这么胡闹下去。”

“问题就在于，你给他吃的东西是足够多，而不是特别多。”狐狸说。

“你是说，特别多？我们已经给他吃了特别多的东西啊！要知道，大家的食物全都被他吃光了。”老婆婆甚至有点生气。

“好吧，你只要给他吃他不喜欢的东西。这样的话，他肯定会自动离开。”狐狸说。

“说起来容易，”老婆婆有些激动，“如果我们拿他不喜欢吃的东西，他就会再向我们要十倍好吃的东西来赶走坏胃口。狐狸先生，你的确很聪明，可这个主意真不怎么样。”

听了这话，狐狸陷入沉思，半天没有开口。然后，它来到老婆婆面前，看着她的脸说：“放松点。就今晚，他会吃个够。你要做的就只是让你的邻居们按照我说的去做，更不要怀疑我的行为看起来有多么不正常。”

老婆婆心领神会，并保证说一定让邻居们按照狐狸的话去做。于是两人一起回到老婆婆家，看到艾尔·埃拿诺正仰躺在地板上，看上去就像是一头肥猪，而且每过一分钟嘴里就发出一声震耳欲聋的咆哮声。邻居们又气又怕，敢怒不敢言，因为怪物这一天的破坏性已经发挥到极点，事实上他为了取乐，甚至已经拆掉了茅草屋顶，直到人们答应将他的食物增加一倍。

老婆婆和狐狸回来还不到五分钟，部落里的人就拿着东西赶来了，有的带着浆果和穿山甲，有的兜来了鸡蛋，有的捉了几只灰山鹑和火鸡，有的拿来了面包，还有的则拎着刚从湖里抓来的鲜鱼。接着，男人们开始生火做饭，女人们则去泡制大碗的结绳草茶。很快，饭菜就准备好了，艾尔·埃拿诺像往常一样贪婪地扑了上来。

狐狸盯着他看了一会儿，然后开口说：

“你胃口的确很好，朋友。可如果这样的话，这些男女老少和我都吃些什么呢？”

“你们嘛，就吃我剩下的吧。等我吃完了，你们再吃。”埃拿诺只管胡吃海塞，连头也不抬一下。

“但愿我们的胃口能小一点。”狐狸说。

过了一会儿，狐狸的行为开始变得可怕。它不耐烦地在屋子里蹿来蹿去，责骂大家都是一群懒骨头，一点也不热情好客。

“你们想一想，”它说，“难道就以这种方式来对待客人吗？好东西只给一个人吃，却让另一个饿肚子？为什么不给我也准备点吃的？快去，给我拿个烤熟的土豆来！否则你们谁也好不了！我的恶作剧可比任何人都坏上十倍！”

大家都知道，狐狸这话是在按计划行事，于是纷纷跑出去，很快就带着土豆回来了。狐狸告诉人们怎样烤土豆才会合它的胃口，接着土豆就被倒进了火炉，然后又在上面添了一层红红的炭火。土豆烤熟了，狐狸便大声说，既然埃拿诺不喜欢吃土豆，那大家每人都拿上一个，而艾尔·埃拿诺此刻正嘎吱嘎吱地大嚼着肉骨头。就在吃土豆时，狐狸像是在和大家窃窃私语，但却故意提高声音让埃拿诺听见他们的谈话。“嘘！”它说，“安静点，千万别让艾尔·埃拿诺知道烤土豆是这么好吃。如果他也想要，你们就说已经吃光了！”

“好！好！”大家依计众口一词地回答，“不能让埃拿诺知道。”

艾尔·埃拿诺此时满腹狐疑，他看了看眼前的这些人说道：“把所有土豆都给我。”

“他们都已经吃光了，就剩我的了，”狐狸说，“不过你可以尝一尝。”说着，它把烤土豆扔到了埃拿诺的手里，怪物接住后便往喉咙里塞。

“哈！味道不错！”他大叫道，“再来点，再来点，再来点！”

“没有了。”狐狸大声说，然后转过身，对站在身边的人说，“千万别说火炉里还有土豆！”可它的声音很大，埃拿诺还是听见了，虽然狐狸清楚其实早就已经没有了土豆。

“啊！我听见了！”埃拿诺咆哮着，“火炉里还有烤土豆，统统都给我！”

“看来我们只能给他吃了。”狐狸说着，把那些烧得通红的煤块往外拨了拨。

“别挡道！”埃拿诺大叫着将手伸过狐狸的头顶，直接掏出两大把滚烫的煤，还以为那就是烤土豆。尽管烫得厉害，可他还是一股脑儿吞了下去。煤块烙烫着他的胃，他痛苦地嚎叫，接着便在地上打起了滚儿，然后突然猛地跳了起来，冲出屋子，跌跌撞撞地朝小河奔去。冰冷的河水漫过他的脸，他大口猛灌了好几口冷水，可水在他胃里遇热后变成了水蒸气，将他的身体不断地撑大，不一会儿就传来一声震耳欲聋的爆炸声，附近的小山也被震得直晃，艾尔·埃拿诺也变成了千万块的碎片。

英勇的双胞胎兄弟

从前，有一个女人生下了一对双胞胎男孩，兄弟俩长得很像，就连他们的妈妈也很难分清。于是为了便于区分，哥哥汉纳普总在帽子上插一根深红色羽毛，弟弟巴兰魁则插着一根蓝色的羽毛。

兄弟两个的童年时光是在野外度过的。他们一起去森林里玩耍，一起去湖里游泳，一起去草原上奔跑。渐渐地，他们和飞禽走兽交上了朋友，还常常亲热地和它们的幼仔一起嬉闹。所以，即便是看到兄弟俩回家时身后跟着一头黑豹，也大可不必大惊小怪，而那头豹子也像一只跟在主人后面的小狗一样温顺。他们还熟悉各种鸟类的栖息习惯，常常会去给雏鸟喂食，充满爱怜地抚摸它们。所以，只要他们打上一声呼哨，就会有一大群五颜六色的鸟呼啦啦地从森林里飞来，落在他们的手上、胳膊上和肩膀上。更奇怪的是，这些飞禽走兽一旦聚拢在两个年轻人身边，彼此之间就很少再有撕咬打斗的现象——即使对在一起长大的小狗小猫来说，也很难有这么平和乖顺的时候。

由于和野生动物一起长大，并经常和它们一起赛跑、摔跤，兄弟两个长得都很健壮，走起路来虎虎生风。他们能爬到高高的悬崖上拜访秃鹫窝，或是像猴子一样轻快敏捷地爬上树梢。即使是在水里，两个年轻人也会像在陆地上一样轻松自如，能一猛子扎进碧绿的湖水中，从湖底摸出五彩的贝壳和发光的石头，还常常互相比赛看谁做得又快又好，一起开心地大笑，玩累了就坐在撒满阳光的湖边休息。每当这时，他们就会眺望湖对岸那些遥远的群山，向往着何时能去那里冒险，看看那些山里究竟都有些什么。

在父亲的教导下，兄弟两个学会了射箭和使用长矛，等到能够熟练掌握之后，父亲又分别给他们两个打造了一副银质胸甲和一个轻便的头盔，在太阳的照耀下，这些装备闪闪发亮，两个年轻人更显得英姿飒爽。他们整天东走走、西看看，日子长了就认识了许多同龄的男孩，这些男孩的父亲们也专门给他们制作了银头盔和银胸甲，他们也都会使用弓箭和长矛。后来，这些男孩便组合在一起，成立了一个以汉纳普和巴兰魁为首领的“四百勇士团”。从那以后，快乐的时光更多了，年轻人们在一起赛跑、游泳、摔跤，玩得很开心。很快，四百勇士就达成一致：无论何时何地，只要他们其中的任何一个遇到麻烦（当然，自找麻烦除外），就会吹响号角，其他人听到号角声后都会立刻赶去营救。不过，他们也并不是整日玩乐，四百勇士个个多才多艺、身手不凡，像吹笛、打铁、粉刷和砍柴这样的活计他们也样样精通。

一天，汉纳普和巴兰魁正在森林里采野果，突然看见一对老夫妇相互搀扶着向他们走来，身子颤颤巍巍的，还在伤心地抹着眼泪。看样子两位老人都是外地人，因为看到面前的年轻人身披胄甲、手执弯弓、腰间佩剑，闪闪发光的头盔上还分别插着深红色羽毛和蓝色羽毛，竟然站在那里说不出话来。兄弟两个于是走上前去询问，这才知道，两个人来自湖对岸的大山，那里的部落，人们每天都生活在惶恐不安之中，因为有三个可怕的巨人不时地骚扰他们，抓走牛羊，推倒房屋，甚至还残害人的性命。老夫妇哀叹说，没有什么能抵挡住巨人们的蛮力，高大的石墙对他们来说不过是些小瓦片，他们能把参天大树连根拔起，还能用手掏空泥土让河流改道。

听到这里，兄弟两个非常生气。他们以前坐在湖边谈起那个遥远的地方时，总是能隐约听到水面上传来一些奇怪的嘈杂声，他们还以为是夏天的闷雷。听了老夫妇的诉说后，他们开始觉得情况要比想象糟糕得多。于是，汉纳普走到一片没有树的空地，把号角放在唇边，使劲吹了三声，高亢的号角声传遍整个森林。很快，伙伴们就从四面八方跑来，每个人都腰挎利剑，长矛在手，背负长弓，胸甲和头盔在阳光下耀眼夺目。可以想象，这些精兵猛将个个都是干净利落、身板挺直的好手，宝剑随时等待出鞘，银色的头盔上晃动着漂亮的大羽毛，衬着背后那片清凉的绿色森林，看起来威风凛凛、俊朗挺拔！此外，应声而来的还不仅是这四百个勇士，还有他们的动物朋友！到处都是美洲狮、大黑豹，后面还跟着一头可爱的小鹿，还有各种色彩缤纷的鸟儿、骄傲的美洲骆驼以及光彩照人的蜂鸟，这些年轻人在森林里可是个个都拥有自己的宠物。

老夫妇向四百勇士讲述了自己不幸的遭遇，还提到他们被巨人掳走的一双儿女。就在这时，一个眼睛明亮的年轻人走出队列，向两位老人保证说，不出一年，三个巨人将会全部被打败。听了他的话，勇士们顿时群情激昂，爆发出振奋人心的欢呼声。而刚才那个发言的小伙子则继续大声说："凡是愿意到巨人地盘上参加战斗的，请往前一步。"

话音未落，四百精兵全都向前迈了一步。可正如亮眼睛所说，必须要有一部分人留在家里，因为还有别的事情要做。于是他提议只要二十个人就足够，可即便这样，也很难确定谁去谁留，每个人都渴望能有机会去冒险，去迎接挑战。于是巴兰魁主动说自己想先去那里摸摸情况，然后大家再商议制定出最佳方案。

可麻烦又来了，四百勇士个个都想和他一起去。没办法，最后只好凭运气来决定。每个人都要召唤自己的宠物，宠物最先到达自己身边的两位将获得前往巨人地盘的资格。随着一声"开始"，各种召唤声响成一片，有喊名字的，有打呼哨的，还有模仿鸟兽叫声的。只见那些动物，有的快步疾走，有的蹦蹦跳跳，有的翩翩飞舞，从落叶堆积的山洞里，从郁郁葱葱的密林中，奔涌而出。每个年轻人都把剑和弓挂在树枝上，紧张地站在原地，热切地张开双臂迎接自己的动物，到处欢声笑语，个个兴高采烈、欢呼雀跃。就在这时，只见一只苍鹰从高空中横扫而过，利箭一样俯冲直下，轻盈地落在巴兰魁的肩头。几乎与此同时，一只美洲骆驼将鼻子凑近汉纳普的脖颈，而仅仅一秒钟之后，一头疾驰如飞的小鹿蹦到了亮眼睛身边。因此比赛结果就是，双胞胎兄弟被选中，即将前往远处的大山。由于这是一次公平竞争，大家也没什么争议。当晚，勇士团就睡在了灿烂的星空下，第二天太阳刚刚升起，双胞胎兄弟便上路了，人群欢呼着送别。四百勇士一齐拿剑敲击盾牌，向兄弟们致意，而兄弟两个也站在山顶上向心爱的伙伴们挥手道别，然后转身离去，很快便消失不见。其余人也只好回去做事，随时准备再次集合。

整整两天，兄弟俩一直在赶路，第三天上午，他们终于来到了一个到处都是黑色巨岩的地方，这里的山光秃秃的，一棵树都没有。此时已接近正午时分，他们在一侧的山腰上看见一个巨大的洞口，洞里的地面上散落着各种骨头，有些大得像是人骨，有的则是这两个年轻人从不曾见过的动物骨头。这些骨头已经支离破碎，上面的齿痕说明有人吸食了里面的骨髓，而且必定是个庞然大物。

兄弟两个开始往山上爬。到达山顶后，他们发现脚下全都是巨大的凹坑，山顶的另一侧则坐着一个像是怪物的大家伙。他双手放在膝盖上，身体前后摇晃着，嘴里不断发出隆隆声和咕哝声，奇怪地时而看看这边，时而看看那边。仔细一看才发现，原来这个怪物看东西时，不能像人类那样用目光扫过大片的范围，而是先闭上眼睛，再把头转到某个方向，然后再睁开眼，真是与众不同。他不能在已知范围内转换视线，要想看别处的东西，就必须先闭上眼睛，然后再开始转头。所以他看东西的方式就像是在发射子弹，要是错过哪里，就只能错过，如果想看见某个东西，就得重新开始转头。当然，他这样总是会错过很多东西。不过从他唱的歌词来判断，他显然对这种极其麻烦的方式相当满意：

我是凯基克斯，
雅各布–凯基克斯。
我的眼睛像银子一样明亮，
像宝石一样闪闪发光。

我是凯基克斯，
雅各布–凯基克斯。
凯基克斯！
凯基克斯！

他一遍一遍地唱着。接着，他又雷鸣般地大吼：

我是凯基克斯，
雅各布–凯基克斯，
所有人都怕我怕得要死！

听到巨人如此愚蠢地吹着牛皮，兄弟两个于是站在山顶上朝他大喊：“你要是有本事，就来抓我们，凯基克斯！我们就是来除掉你的！”

巨人吓了一跳，呆呆地站在那里好长时间。接着，他闭上眼睛，把手放在耳边，想要确定声音是从哪里传来的。两个年轻人看到他那巨大的脸朝他们这边转了过来，便急忙一左一右地跳开，躲过他的视线。这一躲真是及时，因为巨人已经射出了松紧带一样富有弹性的双臂，粗壮的手指简直就像是五条瞎了眼的蛇，摸上兄弟两个刚才站立过的岩石。由于什么也没摸到，这只手便抓起了这块岩石，要知道这块大石头可和一座房子差不多大，然后巨人开始慢慢缩回手臂，直到把岩石拽到自己的鼻子底下。巨人闭上眼，低下头，再睁开眼，仔细看着这块石头，发现上面什么也没有，于是就突然用力把它扔了出去，就像是我们甩掉无意间落在手背上的小虫一样。凯基克斯又坐了一会儿，然后站起身，挺着胸径直走向山谷，来到兄弟两个刚才到过的山洞，目光依然直直地盯着前方。只见他来到离山洞不远的一棵树前，从树上扯下几个果子，那些果子的形状有点像野樱桃，可个头儿却大得像南瓜。兄弟俩蹲在地上，尽量不让巨人看见，而巨人拽下果子后就跌跌撞撞地走开了，压根儿就没看见他们。

凯基克斯一离开，兄弟两个便起身跑向下面的山谷。在那里，他们看到山谷的左右两边全都是巨大的洞口，洞里藏着一堆堆奇珍异宝：钻石、祖母绿、红宝石、蛋白石，应有尽有，数不胜数；有些洞里还堆满了金沙和银块。这些宝贝在阳光的照耀下晶莹璀璨、光彩夺目。兄弟俩正在看着，不料却被突如其来的咆哮声吓了一跳，这声音是从凯基克斯刚才去的山头上传过来的。很快，他们就听出那个声音在咆哮什么：

我是卡布拉坎，
卡布拉坎能让天摇晃，
卡布拉坎能叫地打战。
我就是人类的主宰——卡布拉坎。

又来了一个巨人，可兄弟俩却看不到他。于是他们快速跑出深谷，爬上山顶，刚好看到凯基克斯正要回到山谷来。经过先前那棵树时，他又停下拽了几个果子，然后大踏步下山，边走边吼着：

我是凯基克斯，
雅各布-凯基克斯，

所有人都怕我怕得要死！

他回到山谷，仍旧坐在那个老位置，两只手依然放在膝盖上，身体不住地左右摇晃，看起来好像不大舒服，显得有些暴躁。他像是预感到了危险，不时地站起身，眯着眼，走到那棵树下，吃几个果子，又坐回位子上。事实上，每隔一个小时他都要去那棵果树旁看看。

看到这里，兄弟俩想出一个主意。他们跑了过去，爬到果树上，隐藏在浓密的枝叶间，刚一藏好，就听见巨人向这边走来的脚步声。

沉重的步子把果树震得直晃，看来巨人又要吃饭了。兄弟俩心里刚刚数到“六”，巨人就已经到了跟前，奇大无比的蓝脸把眼前的视线塞得满满的。汉纳普取出一支箭搭在弓上，用力绷紧弦，箭像流星闪电一般飞了出去，正中那个大丑八怪的下巴，可他的皮肤太坚硬了，箭头只是钉在了他的下巴上。不过剧烈的疼痛足以让他咆哮着连滚带爬地跑开，只见他回到山谷，躺在地上，一边痛苦地呻吟，一边流着泪水。现在，他再也没心情去唱那首自吹自擂的歌了。

两个年轻人从树上爬下来，向着凯基克斯倒下的地方走去，同时小心翼翼地避开他那乱踢的大脚掌。

“你们是谁？”看到他们，巨人问道，“到这里想干什么？”

“我们是医生，”兄弟两个说，“听到你这么痛苦地嚎叫，我们是来帮你的。你的牙齿需要修理一下，所以，让我们把你的坏牙拔掉吧，你肯定会舒服得多。”

“可牙齿是我的武器，”巨人说，“人类不知道这个秘密。”他又补充了一句。可能是被疼痛折磨得昏了头，作为巨人的凯基克斯竟然不再多疑。

“没错，”双胞胎兄弟说道，“我们会先把旧牙拔出来，然后再把新牙补回去。”

巨人于是张开了大嘴，两位“医生”拿出锤子和铁棒开始工作。很快，巨人的牙齿全部被拔光，而“医生”果真也遵守诺言，把新牙补到了原处，不过他们所谓的“新牙”全是玉米粒。这样一来，当凯基克斯开始用新牙吃东西时，立即发现不对劲儿，之后很快就饿死了。就这样，兄弟两个为这一带铲除了一个怪物。

英勇的兄弟俩得胜归来后，将怎样对付凯基克斯的故事给大家讲了一遍。四百勇士欢呼雀跃，一片沸腾，都为兄弟俩的好运气感到高兴，更为这世上少了一个怪物而感到欣慰。经过一个星期的休整，四百勇士一起去冒险的日子终于到来。银色的甲胄耀眼闪亮，鲜花羽毛绚丽多彩，勇士团即将去往石头山斩妖除魔，夺回宝藏。不过，这个故事还很长，也很有趣，我们只能继续往下看啦。

四百勇士团

在汉纳普和巴兰魁两兄弟的带领下，四百勇士团一路唱着战歌，挥舞着旗帜，朝巨人的领地浩浩荡荡地进发了。他们个个身材魁梧，体形健美，皮肤是健康的古铜色，双目炯炯有神，直视着远方雾气浮动的蓝色山峦。他们中间没有软弱的胆小鬼，也没有恃强凌弱的恶人。银色的盾牌在阳光下闪闪发光，长矛尖上跳跃着一道道炫目的白光，每个人的头盔上都装饰着漂亮的大羽毛。他们肩上挎着弦弓，腰间佩带宝剑，足蹬草鞋，步调一致；没有人带着干粮或其他行李，因为每个人都对森林里的情况了如指掌，他们知道哪里有湖泊和溪流，哪里有果实累累的树木，哪里有挂着野莓的灌木丛。而到了晚上，繁星闪烁的夜空就是他们宿营地的顶篷。

沿着箭一样笔直的小路，他们很快来到了森林西边。这里巨石遍野，地面上到处都是像被巨斧劈开的一条条纵横交错的沟壑。他们继续向西走，绕过流水淙淙的小溪和绿意盈盈的草地，穿越森林腹地，爬上高山和绝壁，再往西就到了双胞胎兄弟曾经到过的那个地方。他们一路向前，径直挺进凯基克斯的山谷，看到了他那已经发白的骨头和正在被食尸鸟啄食的腐烂躯体。他们还看到一堆堆光芒璀璨的钻石、色泽如火的红宝石、如大海碧波般清透沁凉的祖母绿，还有许多的金银。然而谁都没有对这些宝物多看一眼，因为还有更重要的任务在等着他们去完成！在这些勇士们看来，这些东西不过是孩子的玩具。

他们决定分头行动，两人一组，围成一个大圆向远处的山顶和布满乱石的山脊侦查情况。他们对附近地带进行了清扫式的搜查，却没有发现巨人卡布拉坎和兹帕克纳的影子。于是勇士们会合后一致同意到更远的地方继续搜索。他们没有一个人打退堂鼓，“因为，”大家都说，“这片土地上还有两个坏蛋，我们一定要及早完成这个艰巨的任务。”

第二天，他们来到了另一片森林，不料却遭到一大群猴子的攻击。成百上千只猴子向他们猛扑过来，厉声号叫，恶狠狠地龇着牙，冲他们又吵又嚷，看来不是什么好兆头。但四百勇士很清楚，只要联合起来，就一定对付得了这帮坏家伙。他们分八个方向围成一个大方阵，前排的年轻人双膝跪地，手握长矛，矛尖朝上，后面的勇士则把矛尖竖在前排人的肩膀上。猴子们气势汹汹地扑过来，却扑在了尖利的长矛阵上，年轻人们个个勇敢无畏地挑起矛尖，空中回响起猴子的尖叫声。这些浑身长毛的坏蛋越来越多，看来是想仰仗数量众多冲破长矛林立的方阵。整整一天的时间里，猴子们都在一次又一次地冲锋陷阵，直到死尸堆积如山，受伤的猴子才痛苦又愤怒地尖叫着撤回森林。太阳落山了，绿色的树木变成了黑压压的一片，那些为非作歹的坏蛋们眼看一天的战斗毫无成效，于是只好偃旗息鼓，尖叫着逃之夭夭。

四百勇士却毫发无伤，大家都为伙伴们表现出来的团结互助之情而感到高兴，但毕竟激战了一整天，他们也有些累了。于是年轻人们挎上弓箭、扛起长矛继续上路，来到一条奔腾的溪流边，停下来洗了洗脸，并清洗了一下武器，然后就在银色的月光下席地而睡，睡觉时每个人手里都还握着宝剑。还有一部分人负责站岗，以防任何可能会对他们构成威胁的敌人突然出现。

天边泛起了鱼肚白，勇士们再次整装出发，沿着山中一条像是被利剑劈出的小路行进。正午时分，队伍来到了一个石头岔口，小路非常昏暗，两边尽是高大裸露的白色岩石，除了高空上盘旋的一只秃鹫以外，周围看不到一个活物的踪影。可这时石缝里却传出奇怪的口哨声和尖叫声，大家正在纳闷，突然，一声炸雷般有力的吼叫声从杂乱的口哨声中响起，声音撞在岩壁上久久回荡，激起的回声震耳欲聋。战士们不得不用手捂着嘴凑近同伴的耳边低语，但却并没有停住脚步，而是继续在这条路上行进。最后来到一个布满尖石和大圆石的地方时，行走开始变得十分艰难，他们不得不放慢了步子。正在走着，头上方突然滚落下一块巨石，正好砸在他们前进的路上，只留下巨石两边的窄缝勉强可以通过。勇士们抬起头，看到路两侧峭壁的上面，一群长着大獠牙、目露凶光的家伙，正像蜥蜴一样舞动着灵活的双脚在岩石上爬来爬去。四百勇士立刻意识到他们已经来到了高山野人的地盘，这些野人生活在悬崖绝壁之上，凶狠强壮、心肠歹毒。

突然，一个头发长长、白胡须打了结的野人发出一声嘶哑的嚎叫，站在岩石裂口处，将一块比十个穿山甲还要大的岩石高高举过头顶，然后用尽全力向下扔来。要是真被这块石头砸中，那可就糟了。可这个野人的技术太差，巨石疾速擦过所有勇士的发梢，直接砸到对面的峭壁上，被摔得粉碎。这时，亮眼睛连忙指挥同伴将盾牌举到头顶。这个主意真是好极了，每个人的盾牌都首尾相连，形成一个安全的屋顶。他们刚刚连接好盾牌，上面的石头就像冰雹一样砸了下来，有些石头很大，加上野人又多，力气也大，所以有的战士被石头的力量冲得差点跌坐在地上。不过这些重量还是被彼此连接的盾牌共同分担了，每个人都小心翼翼地呵护着同伴，所以自始至终，大家都安然无恙。

队伍就这样在暴雨般落下的石块中继续前进，可路却变得越来越窄。就在这时，一个野人突然从上面跳了下来，速度和力量都像是一头野兽。由于这些野人能像野猫一样在岩石上跳来跳去，于是这个人凭借从空中飞起来的冲力，将双胞胎兄弟中的一个压倒在地上。被压倒的正是巴兰魁，不过他很快就站了起来，迅速抽出宝剑，当野人张着唾沫横飞的血盆大口再次向他猛扑过来时，他的利刃也深深插进了对方的心窝。可那个家伙却像一头发了疯的野猪，不顾疼痛，把巴兰魁死死压在身下，然后抓住他的腰把他扛在肩膀上，想从峭壁的斜坡爬到上面去。看到这一幕，上面的野人发出了欢呼声，以为俘虏肯定已经到手。可亮眼睛此刻却迅速搭弓放箭，直射进那个野人的胸膛，就这样，野人站立着被利箭穿透，松开了抓住巴兰魁的手。可尽管身体已经被戳穿，但他还有一丝气息，于是挣扎着逃上岩壁的斜坡，手脚并用地爬上崖顶，身后留下一道鲜红的血迹。很快勇士们就再也看不到他了。

可事情还并没有结束，石头雨仍然下得很紧，幸好有紧紧相连的盾牌做防护，大部队才能安全前进。勇士们一步一步地走着，每个人都抱着必胜的信念，为自己的同伴感到骄傲。大家满怀希望地盯着路尽头那一道又细又亮的蓝光，因为那里就是大山的尽头。后来，他们终于来到了高山野人不敢涉足的大平原上，大家一路冲杀，尽管身体疲惫，但斗志依然昂扬。有些人甚至激动得流出了泪水，因为他们曾经肩并肩地在如此险境中杀出一条生路，如果这个过程中有一个人丧生，那也就意味着所有人都失败了。

这天夜里，四百勇士和快乐的两兄弟尽管睡在了寸草不生的大地上，但第二天一早醒来时，却个个觉得精神抖擞，浑身是劲儿。因为他们一生都很幸福，生活环境也很平和，没有谁的心中曾留下不幸的阴影，所以他们身强体壮、心明眼亮，会用最火热的青春去迎接和拥抱每一天的新生活。

太阳此时升得还不是很高，事实上太阳距离地平线还只有一个巴掌那么高，但一种奇怪的现象却突然闯进他们的视线，那就是整个太阳都好像被抹掉了。因为在他们看来，东边一个像是小山的东西正慢慢隆起，然后又像一大片黑云一样静止不动，过了一会儿又迅速朝南奔去。与此同时，那块像是乌云的东西里正传出一阵雷鸣般的咆哮，几乎震聋勇士们的耳朵。接着，那咆哮声就变成了这样一段话：

我是兹帕克纳，

谁都杀不死的兹帕克纳，

除了水，

我什么都不怕。

兹帕克纳昂首阔步，从一条山谷走向另一条山谷，抬腿迈脚时发出的隆隆声就像是天地间滚过的雷霆。过了一会儿，他又出现了，只是这次是在勇士队伍北边很远的地方，他走进了那个勇士和野人曾经交战过的小山裂缝处，然后就从人们的视野里消失了。

虽然巨人的样子十分可怕，但谁都没有丝毫的畏惧。大家简单吃了点东西，稍作休息之后，又启程前往巨人最初出现的地方。他们走了很久，最后才来到巨人兹帕克纳居住的那条狭长的山谷。山谷的尽头是一堆堆的森森白骨，有动物的，也有人类的，到处都散落着头盖骨和海蟹壳，骨骸堆里还扭动着一条喷射毒液的大蛇。

他们正看着眼前这惨不忍睹的景象，一个弯着腰的老婆婆走了过来。她满面愁容，脸上堆满皱纹，说话的声音就像是蛙叫，而不像是人类的语言，表情看起来也既神秘又警觉。她冲着站在队伍远处的双胞胎兄弟和亮眼睛勇士问道：

“你们来这里干什么，年轻人？你们是怎么来到这个既凶险又悲惨的地方的？”

有人大胆地回答说，他们来这里就是为了杀掉巨人兹帕克纳，那个巨人是个恶毒的怪物，如果想让这一带人安居乐业，就必须铲除这个邪恶的家伙。

“原来是这样，”老婆婆说，“那毫无疑问，你们是来送死的。因为过去也有很多人想杀掉兹帕克纳，可他们都在赴过一场盛宴之后，选择去过温柔快乐的生活了，那些对美好事物的记忆已经远去，成了一场梦幻。”

他们觉得老婆婆的话很奇怪，可她还在絮叨着说山上有个美丽祥和的地方，那里到处阳光明媚，人们不需要干活。可在勇士们听来，她的话根本就是无稽之谈。

于是他们一齐说："我们只有一个愿望，那就是杀掉兹帕克纳，因为他干了太多的坏事，而且以后也会恶习不改。至于你说的那个美好的乐园，如果生活在那里只会让人变得温顺而且无所事事，那我们肯定会对它视而不见。"

听到这里，老婆婆似乎很高兴，皱巴巴的脸上掠过一丝笑意。不过，态度转变极快的她又向几个年轻人提出了一个问题：

"凯基克斯的尸骨都已经发白，你们经过那里时已经看到了吧？好吧，那就把他洞里藏着的那些宝石都给我吧。"说着她伸出了皮包骨头的胳膊，摊开一只空空的黑手等着接受礼物。

"我们来这里可不是为了那些东西的。我们的确看到了宝石，但根本没有碰过它们，包括金子，还有其他任何东西。事实上，那些东西只会妨碍我们做正事。"汉纳普答道，其他人也都跟着点头。

"那你们又是怎样甩掉森林里的猴子的？"老婆婆又问。

"我们携手并肩，一起杀出了重围。"

"那些高山野人呢？"

"照顾好自己身边的伙伴是我们每个人的责任，就这样，我们毫发无损地闯过来了。"亮眼睛平静地答道。

接下来是一阵沉默。老婆婆的问题看起来似乎没什么意义。可她年龄大了，三个年轻人也不好说些什么。可接下来，她说出的话听起来却更是荒诞不经。

"干得不错，"她一边对他们说，一边慢慢地点了点头，"现在，摆在你们面前的将是更为艰巨的任务。你们当中每一个人都要分别面临一次危险，如果不能做到眼疾手快，那将是生死攸关。我只能说这么多。不过再往前走就会到海边，那里有一个湖，凡是碰到那些湖水的人都会变成石头，所以你们要格外小心。不过如果能把兹帕克纳引到那里的话，事情就好办多了。你们没听他唱吗？

我是兹帕克纳，
谁都杀不死的兹帕克纳，
除了水，
我什么都不怕。

就在刚刚日出时，你们没有听到吗？”

接着她便不再多说什么，转身想要离开。可刚走了一步，拐杖就从她颤抖的手里滑了下来，亮眼睛勇士捡起来后递给她，她的话匣子似乎便又打开了：

“听好，所有的年轻人。这世上有很多人就像猪一样，活着只是为了食物，兹帕克纳就是一个。站在海边，远远地看向尽头，你们就能看见让兹帕克纳消失的东西。”自此，她便再也不说话，慢慢地走下山，消失在一簇灌木丛后。几乎与此同时，一头白色的美洲狮从灌木丛的那一边跳了出来，他们这才意识到老婆婆原来会巫术。

于是，勇士团立刻改变路线往海边进发。虽然天气炎热，身边风景宜人，经过的山谷里到处果实累累，地上青草柔软如丝，可谁都不曾停下来休息。那天晚上，勇士团来到了海边，在一面峭壁之下看到了一个大湖，湖水清澈幽蓝。他们跳过一块块岩石，沿着湖边的斜坡一直向下走，直到能看见湖底的沙粒和石头。可湖里并没有柔柔的水草，也没有任何生物，但他们却看到了另外一样东西，这让他们突然想起了老婆婆的话，因为海滩上堆着成百上千只海螃蟹壳，他们知道，兹帕克纳最爱吃海螃蟹，胜过世上的一切美食。

另外，他们还偶然发现了一棵倒下的大树，伸进湖水里的一端已经变成石头。他们又看到湖的另一边是一片蓝黑色的黏土地，那正是海螃蟹壳的颜色。于是大家商量之后，定下了一个计策。几个年轻人用黏土做成一个大蟹壳，可以说是世上最大的蟹壳，而其他人则把几根树干拖到湖边，和那棵原本倒在那里的大树并排放在一起。树干的末端一伸进水里就立刻变成了石头，而其他部分则是会慢慢变成石头。他们忙了一整晚，终于做成巨大的蟹壳并把它放在了斜躺的树干上，直到天将破晓，准备工作才结束。东方的天空还一片灰蒙蒙时，勇士们便决定出发直捣兹帕克纳的老窝。

不过，这一次并不是全体出动，留下来的人要摆成一个奇妙的阵：这里站一个，不远处站一个，接着再一个接一个地延续下去。他们有的藏在大石头后面，有的伏在草丛中，有的蹲在高高的灌木里，有的爬到枝繁叶茂的大树上。就这样，一个接一个，五十、一百、两百……最后只剩下巴兰魁、汉纳普和亮眼睛。亮眼睛在一个山脚下坐下来，汉纳普则爬上另一道山脊。终于，勇士团所有成员都已埋伏好，巴兰魁便只身前往前一天遇见老婆婆的地方，大喊兹帕克纳出来应战，还兴奋地用剑击打着盾牌，发出咔嗒咔嗒的声音。

“哈，胆小鬼！”他叫道，“出来和你兄弟凯基克斯一起去死吧！他的骨头已经发白，而且被扔得到处都是。”

随着一声炸雷般的怒吼，只听兹帕克纳叫道：

我是兹帕克纳，

谁都杀不死的兹帕克纳，
除了水，
我什么都不怕。

他一遍又一遍地唱着，时而咆哮怒吼，时而又像猪打呼噜一样咕咕哝哝。巴兰魁一直在取笑他，叫他胆小鬼，宣称他的末日就要到了，还提醒他想一想凯基克斯的下场。

最后，迟钝的巨人终于被激怒，他撑起胳膊肘，四下张望，看了好久却什么也没看到。他又慢慢地将目光移到高处，做梦也没想到，那个吵闹的对手竟然还不及他的小拇指大。于是，他伸手去抓巴兰魁，可这个敏捷的年轻人像阵风似的飞跑到兄弟汉纳普藏身的地方，刚一跳下去，汉纳普就弹了出来，像鹿一样疾驰向前，兹帕克纳便在后面猛力追赶，可怎么也没料到，他追赶的对象已经换了一个人。汉纳普神清气爽，充满活力，一溜烟儿地跑到了亮眼睛藏身的小山脚下。随即亮眼睛就像一支离弦的箭，射向胡诺藏身的灌木丛，胡诺则转身冲向切米尔藏身的大树下，然后切米尔又继续向前飞奔……就这样，每当轮到自己时，勇士团的每个成员就以最快的速度把接力赛继续下去，巨人兹帕克纳只好气喘吁吁地在后面追赶，根本分辨不清这些年轻人之间有什么区别，就像人类无法区分蚂蚁之间的区别一样。接着后面的勇士们又重新集合起来，三个变成五个，五个变成十个，十个变成五十个……而兹帕克纳却翻山越岭，跳过小溪，穿过带刺的灌木和茂密的树林，全速向前。那些年轻人分别从自己的藏身的地点突然冒出来，动作敏捷迅速，逗弄得巨人张牙舞爪、上蹿下跳。所以，正如老婆婆所预言的那样，每个人都会遇到自己的危险，但最后大家却能安然无恙。

最后，这种愉快的追逐终于把兹帕克纳引到了悬崖边，他一眼就看见那个用黏土做成的大蟹壳，它就挂在那些树干的上面，马上就要掉进湖里。他真的以为那就是大海蟹，于是口水流了出来，眼睛也瞪得圆圆的。可他的脚刚一碰到树干，螃蟹就滑进了水里。为了捞到海螃蟹，兹帕克纳把手伸了出去，可这一弯腰，却再也没有站起来。他瞬间被牢牢定格在了水里，螃蟹变成了石头，他的手也变成了石头，最后成了一个永远蹲在水晶石湖面上的巨人，直到今天。

四百勇士团的英勇事迹一直在当地广为流传，他们自始至终也没发生过矛盾，并且友谊日渐深厚。一旦有什么邪恶的事情威胁到自己的伙伴，其他人决不会坐视不管，他们会慷慨相助，直到一切平安无事。

卡布拉坎之死

巨人卡布拉坎最后也死在了双胞胎兄弟之手，可他们又是怎样杀死他的呢？

原来，自从凯基克斯一命呜呼，兹帕克纳变成了石头，卡布拉坎便也不敢再轻举妄动，只在自己的那片乱石滩附近活动。一天，他壮着胆子翻过野人居住的大山，看见一群山羊正在路边闲逛。卡布拉坎便用自己树干一样的粗腿围成一个羊圈，把这些山羊统统赶到里面，然后一个接一个地把它们吞下肚子，就像小孩吃草莓一样。牧羊人一看到卡布拉坎就急忙爬到树上藏了起来，透过树叶把这一幕看得清清楚楚。第二天，巨人又来到了这个给他带来好运的地方，发现不远处有一家农舍，于是就过去将人家的牛美餐了一顿，主人又是生气又是无奈。第三天，他的胆子更大了，游荡的范围也更远。正午时分，他坐在一片部落的附近，无论看到什么，只要是活物，就抓过来吃掉，活像是一只吃蚂蚁的食蚁兽。此时也没有人过来妨碍他，因为部落里的人一听见那地动山摇的脚步声就急忙逃进了树林。就这样，卡布拉坎的恶行传到了双胞胎兄弟的耳朵里，他们发誓要让他永远停住罪恶之手。

现在，卡布拉坎已经知道凯基克斯和兹帕克纳是怎样死在兄弟两个手里的，所以要想杀掉他，如果采用和以前一样的招数恐怕是无效的。此时一向迟钝的卡布拉坎也在开动脑筋：一旦与兄弟两个交手，该用什么方式把他们干掉？卡布拉坎是三个巨人中力气最大的，并且非常骄傲。不过，正是他的虚荣心暴露了他致命的弱点。

恰好有一天，一场猛烈的暴风雨突然而至，电闪雷鸣，天地间混沌一片。森林里的大树被击倒，岩石被掀翻，轰鸣的海浪撼动着海岸，天空低沉，乌云翻滚。卡布拉坎虽然已经活得很久，可一生中还从没见过这种景象，所以害怕得要命。一整天，他都躲在大山中的洞穴里没敢出来，直到天空由黑变灰，风势渐渐减弱，最后风停雨住，乌云散去，月亮也露出脸，他才敢稍微探出头。就在这时，他看见不远处的山头上正站着那对双胞胎兄弟——汉纳普和巴兰魁。原来刚才他们一直躲在山洞里，从那里看到了暴风雨来临时卡布拉坎仓皇逃进了大山，并且在狂风的怒吼声中，还听到了巨人惊恐的呜咽声和恸哭声。通过这些，他们断定卡布拉坎虽然是巨人，但内心却远远不够勇敢和坚强。

看到兄弟两个后，卡布拉坎站了起来，大吼着问他们要干什么。可他突然发现自己的脑子一片空白，再也多说不出什么，于是便又开始高唱赞美诗来给自己打气。可因为那场暴风雨而心有余悸的他，连声音都还有些发抖：

我是卡布拉坎，
卡布拉坎能让天摇晃，
卡布拉坎能叫地打战。
我就是人类的主宰——卡布拉坎。

他唱完后，汉纳普便粗声地大喊道："唱得好，卡布拉坎！你很强壮，可我们也很强壮。你没看见我们呼一口气就能吹倒大树吗？没看见我们再呼一口气就能让大石头翻跟头吗？还有，天空为什么会变得漆黑一团？那些不过都是小意思，我们的本事还多着呢！要让这世界天翻地覆，我兄弟一个人就可以。不过现在必须是我们两个一起行动，所以说，卡布拉坎，你要做好准备，否则你是一个巨人，如果被吹到世界的边缘，不要说睡觉，就连立足之地也没有。事实上，暴风雨这类的事对我们来说简直是小菜一碟。"

听到这些话，卡布拉坎陷入深深的忧虑之中。他揉揉眼睛，惊恐地看着兄弟两个，他们的身材虽然看起来瘦小，可两个人都气色红润，皮肤白净。一想到那昏天黑地的暴风雨，他还不知该说些什么。

接着，巴兰魁按照兄弟俩事先商定好的计策也开了口，那样子看上去显然是经过深思熟虑的："最好还是让卡布拉坎跟我们合作。没错，他能撼动世界，可力量毕竟还是弱了一点。如果他能学会像人类那样吃烤熟的肉，也会像我们一样强壮。"

听了这话，卡布拉坎边掏耳朵边想（巨人的思考方式总是这么愚蠢）：如果自己要个小花招，引诱兄弟两个上当，或许能够说服他们让自己吃熟肉，到时自己的力气就会大增，也能把这两个发动暴风雨的兄弟除掉。他还想，或许那时，自己就能一个人统治这个世界了。

于是他狡猾地说："不然我们比比谁力量大吧。如果你们获胜，就给我吃人类的熟肉，等我变得强壮一些，就可以给你们做奴隶了。"

兄弟两个听后假装商量了一下，汉纳普做出像是要再发起一阵旋风的样子，而巴兰魁则像是在劝慰他。此时卡布拉坎就站在那里看着，一阵深深的恐惧感正渗入他的骨髓。

"这样吧，"过了一会儿，汉纳普说道，"就让卡布拉坎翻个跟头过来，然后扯出这座山的肠子来证明一下他的力气。"说完，他把脸转向一边，马上又补充了一句，看上去像是又突然改变了主意："可那又有什么关系呢？我们又不需要卡布拉坎的帮忙，还不如让我吹口气过去。可我如果这样做了，卡布拉坎可能就会像树叶一样被吹到世界尽头。"

巨人的洞穴附近一片荒芜，到处都是乱石，但他还是比较知足，从没想过自己会被抛到世界尽头的虚无中去。从他的表情来看，显然已经被激怒，于是他对汉纳普说愿意用这种方式来证明自己的力量。汉纳普便接着继续演戏，轻蔑地看着巨人说："这不过是小孩子的把戏，如果你能把这座山翻过来，那我们就把人类的熟肉给你吃，你的身体会变得强壮无比，人也会变得更聪明。"

卡布拉坎耸了耸肩，像即将出场的摔跤运动员一样亮出双臂，大声喝道："闪到一边去！别碍我的事，明天天亮以前，我一定能把这座大山连根拔起。"天已经黑了，月光衬托出黑黢黢的山体，巨人向前跨出五大步走到山体跟前，把胳膊绕在山腰上。他先是试了一下，叉开两脚，绷紧并鼓起肌肉，想直接把大山从地上拔起来，但根本不行。于是他改变策略，想把山掀翻，只见他把肩膀牢牢地顶在陡峭的山岩上，铁塔一样的双腿站得笔直。可眼见大山仍然纹丝不动，他便开始气急败坏，发疯似的对着山体又捶又打，连踢带踩，大山被震得直颤，像是突发了大地震。他的力量真是大，一侧的山腰已经裂开，一股清澈的溪水喷涌而出，沿着大平原蜿蜒向前，像是一条蛇在穿行。整整一夜，卡布拉坎都在奋力和那座山摔跤，天快亮时已经累得疲惫不堪，但除了那条小溪和双脚下踏出的两个大洞之外，他的工作不见任何成效。山体已被他蹭得溜光圆滑，岩石也被磨得闪闪发亮。卡布拉坎嘴里时而咕哝，时而大吼，但一直都在不停地拼命干活。最后，看到巨人被折腾得如此筋疲力尽，汉纳普才打算让他停下来。

“休息一下吧，”汉纳普说，“生吃人类养的山羊和牛马，根本不能让一个巨人变得强壮。你这家伙太笨了，说简单些，你就像一只空箭袋和一把没有上弦的弓。人类的食物里蕴藏着力量，所以，卡布拉坎，我们必须吃熟食，我们的食物比你见过的任何东西都营养得多。”

听到这些话，巨人有些高兴，他仰躺在草地上，搓着两只巨掌，想休息一下。不过他依然时不时地看一眼那座巍然屹立的大山，费尽力气也没能把那耀眼闪光的山头和天空分开。他内心迫切希望事情已经结束，或者说让那兄弟两个远远地离开这里。

巴兰魁生起一堆火，汉纳普射下一只鹰，他们慢慢地把这只大鸟烤熟。诱人的香味让巨人满心欢喜，因为他从来没有吃过熟肉，也根本不知道如何把肉弄熟。

这一带还生长着一种高山月桂属的植物，豆荚里结着红色的浆果，这种浆果带有魔力，那就是任何人只要在清晨的薄雾还未散去或太阳还未初升之前吃下它，身体就会日渐衰弱下去。汉纳普采了很多这种果子，并把它们放进了烤熟的鹰肉里，然后又把带有浆果的熟肉递给卡布拉坎，饥肠辘辘的巨人接过来一口便吞了下去。

一开始，卡布拉坎感到自己浑身充满了力量，感觉就像是十个巨人，甚至想把大山从地上拔起来，扔给兄弟俩，让他们看看他的厉害。于是他死死抓住山顶，可由于用力过猛，山顶被他拔了下来，山头被打开，里面冒出了一股股蒸汽，黑色的浓烟升腾到空中，像树冠一样扩散开来。浓重的烟气又变成遮天蔽日的乌云，阳光变成了令人作呕的苍黄色。炽热的岩浆从山口喷涌而出，发出红亮而灼烫的光芒，并且速度越来越快，喷射出的浓浆也越来越多。就在这时，毒浆果开始发挥作用，卡布拉坎很快变得虚弱起来，抓住山岩才能勉强支撑住自己的身体。随着力量越来越弱，他心中的怨恨在一点点增加，脸色逐渐黑了起来，盯着兄弟俩的眼睛里也放射出恶毒的光。

卡布拉坎终于山穷水尽。他的目光很快黯淡了下去，头也重重地耷拉在山头上。又过了一会儿，他的呼吸越来越快，也越来越重，胸部起伏得像是暴风雨过后生气的大海。最后，他失去了全部的力气，倒在地上，尸体很快就被火山灰盖了起来。

就这样，能够撼动地球的人类主宰——卡布拉坎就此结束了生命，双胞胎兄弟也终于实现了他们当初立下的雄心壮志。

雷鲁和星星姑娘

有关雷鲁和星星姑娘的故事，可能是我的巴西朋友佩德罗讲给我的。讲这个故事时的感觉，就像是常饿肚子的人谈起曾经吃过的一顿饱饭。我所说的饿肚子，可不是针对胃口好的人的，而是指长期处于饥饿边缘的人，比如船只失事后的船员，或沙漠中迷途的旅行者。当然，凡事都是心有所念，口有所言。佩德罗讲给我的故事大多来自他那温暖明媚的故乡，那里常年微风轻拂，花香四溢。而讲这个故事时，我们两个却是在冰天雪地的火地岛中部，江河湖泊已经全部被冻结，呼啸而过的狂风像是成千上万个恶魔在嘶吼。

一次，我们正在圣玛利亚的一个山顶上淘金，一场猛烈的暴风雪不期而至，大雪一直下了两天两夜。早晨醒来时，帐篷外面已是寸步难行，虽然我们驻扎在偏僻的山旮旯里，可情况也不见得好些。我们几乎没有什么可吃的，也没有书，除了一堆燃烧着的篝火以外，连灯光都没有，整个世界像是只剩下了我们两个，眼前只有连绵起伏的白色山峦和压得低低的灰色天幕。于是，佩德罗打开话匣子，给我讲起了他那丰饶肥沃的故土、五色缤纷的锦绣山川、阳光照耀下波光粼粼的小河和头戴花冠的孩子们。这样一来，我们很快就把阴郁的南风和萧飒的严寒抛在了脑后。我觉得佩德罗并没有完全放弃回到遥远南方的梦想，这可是他一直以来的心愿。在淘足金子之后，他就会回到宁静的故乡定居，并泡在自己喜爱的书中愉快度日。

你也许会觉得，这段冗长的话更像是我在借佩德罗之口讲故事。可我认为，我记下的仅仅是我自己的所思和所想，因为佩德罗永远没能再回到自己的故乡。因此在很大程度上，我写下这个故事只是为了哀悼这位辞世的朋友。早在暴风雪来临之前，我们的马匹就走丢了。所以雪一停，佩德罗就徒步走了出去，他本想开辟出一条路，然后到八英里外的一个小木屋里去弄些吃的，眼下急需的就是食物。我们已经商量好，由我背着来复枪出去转转，看看能不能找到羊驼或是别的什么猎物。然而又一场暴风雪接踵而至，经过五天的搜寻，我终于找到了佩德罗，他早已冻死在路上。

写到这里，我的眼前再次浮现出了那一幕：冰封雪冻的山峦、阴云密布的天空、积雪重压下的灌木丛，还有佩德罗……我仓促地把他埋进了冰冻的泥土，竖起一个简单的十字架作为墓标。我刚刚做完这一切，又一场铺天盖地的暴风雪席卷而至，很快就盖住了这座坟墓和上面的十字架。

下面就是佩德罗故事中的一个。他说，他很小的时候经常听人讲起这个故事。

最能让雷鲁感到快乐的事，莫过于观察森林中的生物。他时而会俯身看着一朵鲜花并陶醉于花朵的芬芳，时而会躺在密林中的水池边享受从绿叶间洒落下来的阳光，时而又会屏息静听一只鸟儿突然而起的高歌。雷鲁的父亲经常会因此严厉地呵斥他，认为这些都是无聊的事，还告诫他最好去关注那些有意义的事情，可雷鲁依旧我行我素。清晨，太阳还没有露脸，他已经来到森林深处，躲在碧绿的灌木丛里，陶醉于莺歌燕舞之中。光阴似箭，转眼雷鲁长成了一个年轻男子，此时他又有了一个新的爱好，就是开始惊叹于繁星闪烁的灿烂夜空。因此他每晚都会守候在一个迷人的地方，那里有流泉飞瀑，没有大树遮挡视线，只为迫切地等待第一颗散发着柔光的星星出现在紫罗兰色的夜空。

仰望星空，雷鲁心中突然萌发出一个想法。他觉得，只有生活在天上仙境中，世界才会很美好。在他看来，地球上的所有生物当中，只有人类最具破坏性、最铺张浪费且最不可信任。夜晚，他躺在一棵棕榈树下，满怀欣喜地聆听着夜莺的歌唱。不知为什么，他竟突然觉得这些鸟儿也是在为星星歌唱，那些星星也在应和着鸟儿的歌声。于是，他抬头看去，到底是哪颗星星正在倾听鸟儿的欢歌呢？仔细寻找之后，他终于发现一颗低低垂挂在天幕上的星星，那颗星星比任何一个同伴都要光彩照人。从那以后，每当夜色降临，雷鲁的眼睛总是会去寻找那颗银亮的星星，等待着夜莺的歌唱。当歌声响起时，那颗星星便闪闪发光，就像是璀璨的宝石和绚丽的火花，或是一位正在聆听的少女。当这颗星星隐没在西天时，鸟儿就会停止歌唱，雷鲁便会陷入孤独和忧伤，像是茫茫大海中无人问津的孤岛。

风轻云淡的一天，雷鲁遇到了一位白发稀疏、银须飘飘的陌生老者。老者竟叫着他的名字，还和他打招呼，这让雷鲁很奇怪，而接下来老者的话则更是让他心中充满疑团。老者问他有什么愿望，在世间万事万物之中，他最想得到什么。

雷鲁思索片刻说道："如果天上那颗闪亮的银星能够来到人间和我相伴，那该有多好！我会不分昼夜地迷恋她的美丽，如果那样的话，我将是世界上最幸福的人！"

听到这话，老者便告诉雷鲁，就在当天晚上，雷鲁必须要到不远处的一座高山上睡觉，"如果你真的爱恋银星的美貌，并且不会因你拥有她而遭到他人的嫉妒，那么你的愿望就有可能实现。"说完，老者便哼着小曲，飘然而去。

这一整天，雷鲁都是在森林里度过的，并盼望着夜幕快点降临。炎热的中午时分，雷鲁躺在树荫下，紧闭双眼，冥思苦想。他是想作一曲歌谣，既能向世人展现银星举世无双的美丽，又能向她诉说自己的相思之苦，但他总感觉词不达意。最后，他还是勉强作出了一首曲子：

当人类悲伤和愤怒，
当人类的心陷入痛苦，
当愤怒的话语之箭开始伤人，
当人类不再同情悲苦，
也许只有天上才会充满甜蜜和欢乐。

夜色静如止水，
没有欢笑，也没有泪水，

就在今天和明天之间的这一夜，
银星会划过夜色，
和姐妹们一起牵手唱歌，
唱吧，唱吧，人类的一生不过是一场虚梦！

当夜色笼罩大地，雷鲁依照白发老者的指示爬上山顶，躺在那里凝视着西天的云霞。渐渐地，晚霞由蛋白石色变成了海绿和金黄，又从橘黄变成了粉红。雷鲁一直在等，一直在等，直到星星缀满了夜幕。他一边等着，一边不时轻唱着那首自编的歌曲：

就在今天和明天之间的这一夜，
银星会划过夜色，
和姐妹们一起牵手唱歌，
唱吧，唱吧，人类的一生不过是一场虚梦！

最后，当满天星辉驱走夜的黑暗，雷鲁悲伤地发现，灿烂的星河中并没有银星的身影。他仔细寻找着，心想她会不会是被某片树叶遮住了。可他很快就看出银星的姐妹都已登场，却唯独没有她。雷鲁一遍一遍地找着，终于身心疲惫，心碎欲绝。一想到失去至爱，他禁不住流下了泪水。

渐渐地，雷鲁睡了过去，梦见大地正沐浴在银色的光辉里，耳边萦绕着歌声，内心感到很快乐，他站在云端，随着飘浮的白云越升越高，径直来到天上。他向下俯瞰，发现脚下很远的地方，都变成了无数散发着甜美光辉的旋转球体。穿越浩瀚的宇宙和黑暗的深渊，几颗新星正在远方闪耀，无边的虚无尽头，依然是虚无。可看过所有的星系，却依然没有银星的踪迹。不过令人难以理解的是，心情沉重的雷鲁，心头却仍有一种喜悦之感。那是一种略带忧伤的喜悦，让他感觉自己的心就像是一根绷紧的金丝弦，在周围美妙的歌声中有节奏地颤着。当他醒来时，发现身边站着一个身穿白裙、美若天仙的姑娘，正含情脉脉地看着自己。

“起来吧，雷鲁，”她说，“我就是你要找的银星姑娘，是我为你带来了安慰和欢乐。从现在起，你我就能相依相伴。”说着，她的身体倏地缩小，小得甚至能够站在雷鲁的掌心，可形体虽然变小了，她却美貌依旧。

从此，雷鲁成了世界上最幸福的人。他找来一个小篮子，专门用来呵护他的珍宝，可却总觉得还不大合适。于是他想起自己有一个葫芦，他还曾在上面精雕细刻。随后雷鲁把葫芦擦洗得一尘不染，并安放在一个干净的地方。银星姑娘轻快地跨了上去，躺在一张用柔绿苔藓铺成的小床上。一整天，雷鲁出门时总会时不时地把葫芦盖子拿开，满心欢喜地凝视着银星，银星也总会抬起头仰望着他，眼中饱含着柔情蜜意。每当这时，葫芦里就会传出轻柔的音乐声，令人心醉神迷。雷鲁沉浸其中，感觉自己已与万物融为一体，并与那洒满阳光、月光和星光的天空融为一体，甚至还有那容纳了飞禽走兽和树木湖泊的森林。

银星日夜向雷鲁讲述着奇妙的事，可他发现其中也有许多令人悲伤的事，比如雷鲁终有一天可能不会再关注她，而是转向别的她无法看到的东西，也就是笼罩在黑暗下的东西，那是星星所无法企及的。接着，他们之间就会产生隔膜，她将会成为他痛苦的回忆。每当这时，雷鲁总是先沉思一下，然后对她微微一笑说，即使再锋利的刀剑也无法斩断他们之间的情丝。

后来有一天，银星对雷鲁说，如果能去拜访一趟天空之城，那该是多么美妙的事情！雷鲁欣然同意，于是他按照银星的指示，坐在一株棕榈树的绿叶上，银星则慢慢地跨出葫芦，站在他身边。接着，她用一根小树枝轻点了一下棕榈树，这棵树便迅速往上生长，直到把他们带到高空。那里一片荒凉，没有花草树木，没有虫鱼鸟兽。银星嘱咐雷鲁在这里稍等片刻，她很快就会回来，说完便飞走了。雷鲁只好一直看着她远去的背影，那片银色的光芒始终都没有消失。

很快，他便诧异地发现，眼前竟浮现出一座美丽的城市——城楼金碧辉煌，处处流光溢彩，还有一群朝气蓬勃的年轻女子和男子弹奏着乐器，载歌载舞，一片欢腾。很多人在叫雷鲁的名字，邀请他与他们一起狂欢。于是他便跟着那些人来到一座雄伟的殿堂，一进去，里面就爆发出震撼的乐声，人们在疯狂地旋转着跳舞。渐渐地，那乐声越来越狂野，越来越令人神志不清，就像是沸腾的滔滔洪水，变成一片杂乱无章的喧哗，雷鲁觉得头几乎就要爆裂开了。突然，他恍惚看到黑暗的角落里竟晃动着许多邪恶丑陋的东西，是蝙蝠、猪猡、目露凶光的秃鹫、土色的秃尾大蛇，还有硕大的白色蟾蜍，到处都是黏湿阴冷的气息。它们也都加入了这场舞会，喧闹声越来越刺耳，快要震破雷鲁的耳膜。这些恐怖的东西越来越多，雷鲁最终再也无法忍受，转身逃回了原先银星告诉他等的地方。

银星已经等在那里了，双眼虽然依然含情脉脉，但却含满伤心的泪水。她温柔地嗔怪他不听她的话，雷鲁垂着头，感到既痛苦又羞愧，知道自己注定要与银星分离。不用多说什么了，两人之间的情丝已经被斩断。他们双手紧握在一起，情绪有些激动，因为他们知道，这将是永别。

“走吧，雷鲁，”她说，“但你要记住，只要再努力一些，你就能再见到我。在黑暗中也要记得寻求我的帮助，这样你才更能了解自己的弱点。即使是在死亡的阴影之下，亲爱的雷鲁，孱弱的爱也能获得新生。”

雷鲁返回了人间，把自己的所见所闻告诉给了左邻右舍。他依然怀着强烈的渴望去寻找曾经失去的珍宝，并发誓一定要重新找回属于自己的星星。不久他便发现，在寻觅的过程中，银星的熠熠光辉一直在指引他，并在用美丽点缀着他生命中的一切！

温柔部落的传说

让我想想看。这个故事是从安第斯山脉开始的，当时我正从东坡下山，那里的湖边有一座房子，主人有两个孩子，男孩七岁，名叫朱安，女孩九岁，名叫朱妮塔，他们从来不知道学校是什么样子，距离他们家最近的邻居也在五十英里之外。不过我发现姐弟两个很会看书，而且从来不会觉得自己的日子漫长难熬。因为这里的湖水并不深，离岸不远处还有一个小岛，那里是他们的乐园，姐弟两个于是常常一大早就划着小船去岛上，一玩就是一整天。

更有趣的事还有很多呢！我到那里的第二天，就看到了那只他们养了两年的鸵鸟。那是一只温顺的灰色大鸟，名叫黛利西亚，朱安常常骑在它的背上，而大鸟会张开两只船帆一样的翅膀，在没有树的开阔大草原上，大踏步地跑着“之”字形；朱安的那点重量，对于它就像是一只苍蝇落在了老母鸡的背上。说也奇怪，就像猫不怕人一样，那个地方的鸟也一点都不怕小孩。孩子们知道在哪里可以找到披着猩红斗篷的火烈鸟、一身紫罗兰华服的燕八哥、能奏出鼓乐声的凤头麦鸡，还有长着一英尺长尾羽的灰白色叉尾霸鹟[①]，以及红色的灶巢鸟。不过，他们最宠爱的还是那只名叫凯姆派恩的羊驼，它高高的身材，眼神中透着一股骄傲的英气，通体金黄和雪白，像是一匹没有驼峰的骆驼，大小和一头驴子差不多。自从孩子们记事起，那只羊驼就已经在这里。他们的爸爸是一个牧羊人，家里有很多只羊，在凯姆派恩比一只狐狸大不了多少时，爸爸就发现了它，并把它带回家。慢慢地，它就像一只羊羔一样温顺。每当它静卧在那里晒太阳时，朱安和朱妮塔就在它身上打滚儿，把小脸埋到它金色的皮毛里，搂着它长长的脖子和它摔跤，直到它站起身走开，再去找一个安静的地方。姐弟俩还常常把它当成马，在它身上套一辆小马车。有时一切都挺顺利，可偶尔也会出些麻烦，凯姆派恩跑起来时要是赶上心血来潮，小马车就会翻车，孩子们也会从车里滚出来，滚到柔软的草地上，开心得哈哈大笑。而凯姆派恩则会很快挣脱缰绳，连蹦带跳地溜进某个小山，通常会留在山顶上休息一下，就像个士兵一样站在那里放哨。

一天，我的旅伴带着猎枪出去转悠，遇到了正站在高高岩石上的凯姆派恩。他觉得这种野兽很陌生，于是就像许多没头脑的持枪者一样，冲动之下对它开了枪。凯姆派恩伤得很重，无疑它因受到人类如此残忍的对待而受了惊。不管怎样，它最后还是一瘸一拐地拖着伤腿回到了主人家里，朱安和朱妮塔伤心极了，他们的父母也很难过。为了拯救凯姆派恩的命，大家想尽了一切办法。而我的那位朋友，看到这种情况之后，倒成了我们中间最难过的一个。有一阵子，凯姆派

① bà wēng，一种鸟，主要生活在南美洲的热带地区。——译者注

恩的伤看起来似乎有了好转，可后来却又突然加重，一整天都趴在牲口棚里，不吃也不喝，只是骄傲地昂着优美的头颅，两眼看着南方。谁料想，第二天一早就再也看不到它的踪影。于是我和朱妮塔带上望远镜，爬上了它经常站立的那个山头，这里可以看见周围好几十英里远。我们在方圆几十里的范围内搜寻着凯姆派恩，可什么都没有发现。下午，我们又骑着马走了很远的路，最后来到一片东西延伸的沙地，在那里，我们发现了凯姆派恩的蹄印，原来这位老朋友径直朝南方去了。我们只好悲伤地掉转马头回家，因为我们知道，从此再也别想见到这只温和的动物了。

之所以会这么说，是因为《一千零一夜》里有一个名叫《水手辛巴达》的故事，那里面曾经提到，据说有人发现了一个奇怪的山谷，那里堆积着成百上千头大象的骸骨。至于这种说法是否真实，我不知道，但我的确知道在巴塔哥尼亚南部有一个名叫加耶戈斯的山谷，当羊驼这种动物感到自己的生命快要结束时，就会躺在那里，静静地等待死神的降临。因此，尽管美丽的凯姆派恩从未见过那个山谷，但也能在冥冥之中感到自己一定要找到那个归宿地。就这样，趁夜里大家熟睡之时，它便拖着伤痛的身体离开了我们。因为常常会听人讲起羊驼山谷的故事，所以朱安和朱妮塔都很清楚，他们是不可能亲眼看到凯姆派恩死去的。当地的孩子们也都很熟悉这个故事，就像我们都熟悉灰姑娘一样，就连我也听说过。一天夜里，当我和旅伴躺下来谈论凯姆派恩时，一个加乌乔牧马人又给我们讲了一遍这个故事。故事是这样的：

很久很久以前，那还是一个巨人的时代。那时这片土地上连马都没有，但却居住着一群性情温和的人们，他们不知道疾病、痛苦和愤怒，在鸟兽群中行动自如，就像我们在百花丛中散步一样，男人非常友善，女人也比现在任何地方的女性都美丽优雅。那时鸟的羽毛颜色比现在更加亮丽，花香也更加清甜，太阳从不炽热，风刮在脸上也不像今天这样冷。更为奇妙的是，这些温和的人们还具有一种特别的神力，就是能够将花朵变成色彩缤纷的鸟儿。

温柔部落会经常举行大型集会，全体部落族人都要参加，他们的首领会坐在嵌满奇珍异宝的宝座上。那是一个富有智慧且心地仁厚的人，爱戴他的族人会常常送给他金银、钻石、红宝石和耀眼闪光的珍贵珠宝，而他便把这些珍宝送给年轻人，因为那时人们只是喜欢这些宝石自身的美丽。鸟兽也会赶来参加集会，空气中充满鸟语花香，满眼都是缤纷的色彩。集会的这一天，在场的每个人都会许下自己的心愿，不管是什么心愿。不过说真的，这片领地上一切都是那样的美好，实在是很难再有什么愿望了。

温柔部落只颁布过一条禁令，那就是当看不到天空中的南十字星座时，全体族人就必须止步，不能再往北方去。因为那里是一座黑暗的大森林，森林的那一边则是专做坏事的邪恶部落。然而有一天，温柔部落里一个名叫卡帕的人偶然看见了一只奇异的大鸟，那只鸟胸部的羽毛闪耀着蓝色、绿色和金色，长长的尾羽则是洁白的象牙色，当它看到卡帕后便立刻飞走了，这于是更勾起了他的好奇心。因为以前他看到的鸟都会心甘情愿地让他抚摸或是拥抱，所以这只鸟越是想躲开他，他就越想捉住它并将它献给首领。那只鸟还在不断地向前飞，他便一直紧紧跟在后面，心想也许这只奇怪的鸟最终会让他靠近。追鸟时，他丝毫不感到害怕，因为在温柔部落里，人们根本就不知道害怕，就连和他们生活在一起的飞禽走兽也是如此。可后来，当这只鸟将他带到森林边时，他才想起抬头看看夜空，发现那颗熟悉的星星已经不见了，于是他有些犹豫。不过最后，他还是跟着那只鸟走进了森林，这里高高的大树枝繁叶茂，把天空都遮挡了起来，连星星也看不到了。

卡帕就这样一直走着，许多天之后才终于来到一个陌生的地方。这里的人皮肤焦黄，长着狗一样的牙齿，看到他后就立即上来将他团团围住。他以前从未见过这样的人，这些人竟然会把动物的身体撕裂，吃它们的肉，把活生生的动物皮毛剥掉，穿在自己身上。更糟的是，这些黄皮肤的家伙还一把抓住卡帕，扯下他用金丝银线织成的长袍，拔下他头上的羽毛，拽掉装饰用的红宝石。接下来，更让卡帕吃惊的是，为了争夺从他身上抢去的东西，这些人竟然相互厮打起来，结果长袍被他们扯得粉碎，胡乱踩在脚下。见到这样的情景，卡帕连忙转身，飞快地钻入密林，他日夜赶路，终于回到了自己的部落。

他直接去见首领，讲述了自己的遭遇。首领听了后，不禁悲伤起来。

“你误入的那个地方，”首领说，“充满贪婪、自私和欲望，对我们来说，这意味着大难将要临头。那些黄皮肤的人必定不肯善罢甘休，他们一定会找到我们，将痛苦带到我们中间。”

首领说完，便把族人召集在一起，人们还像往常一样戴着鲜花，载歌载舞，后面跟着一大群飞禽走兽，有的蹦蹦跳跳，有的扑啦啦飞着。可一看到宝座上首领严肃的眼神，大家便立刻安静了下来。

首领把卡帕的遭遇告诉给了温柔部落的全体族人，卡帕本人也站在首领身边，低声地唱着一首悲伤的歌。人们知道了来自黑暗森林另一边的邪恶，心情也都变得和首领一样无比沉重。首领对他的族人说，如果愿意，当那些黄皮肤的人前来攻打他们时，他会让大家全副武装起来，带领他们一齐进行还击。“但是，”他继续说道，“一旦学会了战斗、杀伤和制造死亡，你们就也会相互残杀，甚至屠杀动物，而动物也会袭击你们。你们将孤独地行走在这片土地上，所有的生灵见到你们都会立刻躲开。土地里产出的这些耀眼闪光的宝石，今天你们还可以随意玩赏和丢弃，但以后就会把它们藏在盒子里或石头下，以免被其他部落的人看见。”说完他便抓起一把钻石、红宝石、祖母绿和金粉，从一只手倒进另一只手，那些珍宝在阳光的照耀下异常炫目，看上去就像是一挂闪闪发光的小瀑布。

温柔部落的人们很害怕，他们面面相觑，丝毫没有怀疑首领的话。“我们还是改变身形，离开这里吧，这总比对我们的飞禽走兽朋友下毒手好得多。”

首领于是号召族人跟着他一起行动。当黄皮肤的人冲破森林向他们发起进攻时，他带领着族人迅速离开，成群的动物和飞禽则跟在队伍后面。当来到临河的一条山谷里时，首领下令族人改变身形——在未来一段时间内，他要把族人变成另外一种动物，不过一定是那种既不会啃咬抓挠也不会吐毒液的无害动物。于是，他把族人变成了羊驼，这是一种举止优雅又有些骄傲的动物，皮毛呈红色和白色，就像族人身上那些金丝银线织成的衣服一样。首领看到族人都变成了飞禽走兽的朋友，于是也把自己变成了一只羊驼，只是比其他羊驼都要高大美丽一些。

然而这种动物对于那个时代仍怀有记忆。时至今日，每当人们看见一群羊驼，便总能发现其中一只会时常站在高高的岩石上，像哨兵一样机警地放哨，以防备黄皮肤人的到来。后来，首领变成的那只羊驼死在了山谷里，他的族人们便将那条山谷当作自己未来的埋骨之地。很多书里大概也都提到过这种说法，羊驼种群的这个惯例会一直持续到最后一只羊驼死去。另外你们还要记住，每每有羊驼死去的地方，就一定会开出一朵天蓝色的花朵，花瓣的边缘是金色的。当最后一只羊驼死去时，也正是那个邪恶部落的灭绝之日。到了那一天，每一朵花都会向他的伙伴们点头致意，温柔部落的人们就会恢复人形，因为羊驼的灵魂就藏在这些长着金边的蓝色花朵里。只有这样，温柔部落才会重新拥有他们的土地，还有他们的善良、温和、美丽和快乐。

一美元买来的故事

我和鲍勃正在宽宽窄窄的海峡之间穿行，时而顺流直下，时而逆流向上。在大风和潮汐的影响下，我们分不清东南西北，就这样在海湾里七拐八绕，一连航行了许多天，最后终于来到了一个S形岬角。由此向前，我们发现它通往一片宽阔的水域，那里水平如镜，清澈见底，海底深处的沙床上长着海草，缠绕着石头，鱼群在奇异的绿光里游来游去。我们运气不错，先是到了一个深水区，这是海峡的一个凹槽，由自山上而下的冰冷溪水汇集而成，在海上形成一个切面。在我们看来，在这里划船真的很有意思。这条小河呈狭长状，向前划行时不得不随时用桨撑着岸边的草地。不过后来我们还是停了下来，因为两边的河岸越来越向里靠拢，最后竟然把船堵在了河道里。于是我们弃舟登岸，轻快地跳上了“码头”。

第二天上午，在向那些精明的脚夫付过行李费之后，我们把行李收拾齐备，开始步行上路。我们先是爬上一道高高的山梁，站在那里眺望了一会儿，下面是几座小岛和几条窄窄的海峡，我们不禁惊叹于那种海天一色的深蓝。我们漫步走下一道长坡，很快便来到一个风景宜人的山谷。这里的确招人喜欢，似乎包含了一切能够赏心悦目的东西：柔软的青草、洁净的泉水、避风的窝棚，还有一种祥和与宁静。不远处有五六匹马在吃草，远处蓝色的小山上可以看见成群的牛羊，很快又能听到孩子们的笑声和山谷中的回响。我们围着小山转了一圈，看到了几座房子，其中一座是四间连在一起的，屋顶上铺着黄色灯芯草。刚才的那些笑声原来就是这里的孩子发出来的，他们正在逗一只可爱的羊驼。在一座房子门前，放着一把灯芯草编成的椅子，上面坐着一个满脸皱纹、古铜色皮肤的老婆婆，可行动看上去却和年轻人一样灵活。看到我们，孩子们便不再玩耍，鸽子一样温顺的眼睛里闪烁着好奇的光芒。

那一天余下的时间就是休息，我们要尽情享受这里的风光。到了傍晚，男人们都陆续回家，他们在外面狩猎、捕鱼、放牧或是干些别的活儿。十二月迷人的黄昏里充满着融融的暖意，我们一起聊天、唱歌，很快便熟悉起来。当然，来这种对外人相对开放一些的乡村旅行，我们通常都要给当地人讲讲自己的经历，比如怎么到这里来的，为什么要来，何时到的，等等。而他们中间有些人则会讲讲自己本民族的传说，你一言，我一语，要是讲述者漏掉了什么，旁边还会有人纠正和补充，有时甚至还会接过话来继续讲。

他们说的是西班牙语，因为这里的人最初都是从智利移民过来的。我们在聊天中得知，那个老婆婆的丈夫已经过世，他生前曾是一个士兵，参加过智利—秘鲁战争，他所乘的“艾斯梅拉尔达”号战船被一艘敌船击沉。老婆婆回忆说，在那个令人伤心的日子里，有一百多名士兵葬身鱼腹。在仁慈上帝的保佑下，她的丈夫历尽艰险，最后终于游到岸边，之后便漫无目的地游荡，来到现在的这座山谷。发现这块宝地之后，他便回到自己的故乡——那应该是附近一个名叫安库德或是别的什么名字的地方，然后就和另外三家邻居一起搬到了这里，大家很高兴能够定居在这样一个没有喧闹、没有纷扰、没有战争的地方，“而且，”老婆婆说着举起手划着十字，“托上帝的福，我们在这里生活得很好。”

她的话音刚落，孩子们就小声嘀咕了起来，他们一致认为老婆婆漏掉了其中最有意思的部分，她应该把最完整的故事讲给陌生人听，比如说这座山谷是怎么形成的？树林里为什么会有一条蜿蜒的小河？拉古那—别德马的土地为什么是咸的？孩子们确信，我们这两个到处游逛的骑士一定会非常喜欢，因为那可是世上最精彩、最奇妙的故事！可老婆婆却摇摇头，点上一支烟，慢悠悠地吸了几口，然后说，这个故事是她最初来到这里时听一个非常年长的印第安老婆婆讲的，那个老婆婆则是听她的妈妈讲的，而她妈妈又是听自己的妈妈讲的……所以，这个故事年代太久了，谁也说不清楚它是真是假。可孩子们都说，不管是真是假，总之它是个很有趣的故事，并礼貌地坚持一定要她讲，尤其是那个抱着蓝眼睛小猫的小女孩。在孩子们的要求下，我终于听到了一个据我所知目前还未曾有过记载的故事。如果现在不记下来，恐怕它将会永远被人遗忘。顺便说一句，这本书里讲述的所有故事当中，我的女儿朱莉娅和海伦最喜欢的就是这个，不过我的儿子却更偏爱那些没鼻子的海底人。

很久以前，在拉古那—别德马南部有一个女巫，她是一个既吝啬又恶毒的怪物，住在安第斯山脚下一座用厚石板建成的房子里。房子一共有三间，她用其中一间来囚禁一个男孩，还有一间用来囚禁一个女孩。而且，她只准许男孩白天在花园里活动，太阳一落山就会把他锁起来；而女孩则只准在夜里活动，太阳一出来就会被关起来。所以，男孩从不知道有黑夜，女孩也从没有见过白天，当然，他们彼此谁也不曾见过谁。

后来，男孩长大了，开始变得不愿意守规矩。一天，他在自己石头牢房的墙根处挖了一个洞，这个洞能通向外面，就像是野兔的洞穴。所以每天被关起来之后，他仍能看到一小段黄昏的时光，看看外面飞舞的萤火虫，就像是绿色的星星。可天一擦黑，万物的轮廓开始变得模糊，他就急忙跑回自己的石头房子，总觉得黑暗中像是有什么可怕的东西正张牙舞爪地向他扑来。我们必须记住，这个男孩长到现在，除了女巫从没见过一个外人，他对这个运动变化的世界知之甚少，就像乡下运干草的马一样，看到城里的马拉着隆隆作响的多轮大马车，它们也会一样不知是怎么回事。因此，男孩不知道夜色下的天空会闪烁着千万颗繁星，南十字星座能发出闪亮迷人的光辉。

一天晚上，男孩又从洞里爬了出来，站到外面的草地上。突然，他看到一个“怪物”，身穿白衣，目光柔和，一头长长的黑发，他的心顿时一沉。当这个怪物从一片灰蒙蒙的雾气中向他跑来时，他大惊失色，看到灰雾中像是还有别的奇形怪状的东西，于是他决定要把这个邪恶的长发怪物杀掉。他捡起一块尖利的石头，可内心却命令他不应该这么做。所以他只好转身向灌木丛边的洞口跑去，也没敢再向后看一眼，慌乱之中双膝一软爬进了牢房，最后用一块扁平的大石头堵住洞口，生怕那个长发怪物跟进来把他杀掉。而男孩眼中的那个怪物，其实就是那个女孩，她惊讶地看着仓皇逃跑的年轻人，在后面紧紧跟了上来。可追到洞口旁时，女孩也被吓得浑身颤抖，她以为这里的地下一定住着成千上万个这样奇怪的生物，可能会在白天出来到处游荡，专做坏事。

第二天一早，女巫照例把女孩关进石牢，把男孩放了出来，可当她看到男孩眼中流露出害怕的神色时，便感到很奇怪。原来前一天晚上男孩因为一直极度害怕那个长发怪物，所以一夜都没有合眼，听到一点动静就吓得浑身发抖，担心那个无名的妖怪会发现通道，悄悄爬进他的房子。

一整天，男孩都在卖力干活，他从山谷里滚来一块巨石，为的是能够堵住地道的出口。可是石头太重，路程也太远，还没到洞口太阳就已经落山。尽管如此，男孩还是费力滚着石头走了好长一段路，最后终于把大石头滚到了灌木丛旁，然后四下里寻找女巫，想让她把自己锁起来过夜。可令他难过的是，女巫却没有出现。到底为什么会这样呢？

原来，天刚一黑下来，女巫就照例打开了女孩的牢门。可不知怎的，她突然想起了早上男孩眼中的恐惧，于是她以为男孩的牢房里一定有什么危险的东西，便走进去看个究竟。进去后，她的脚无意踢到了一块扁石头，接着就发现了那个洞口。她感到很奇怪，于是爬进通道里仔细察看，可通道对于她来说太窄了，挪动身体时很是费力，洞顶也很低，她不得不常常停下来，掸去掉落在头上的尘土，踢开脚下的石头，可小石子和土块还是会像下雪一样不断地往下落，而且越来越多。就在这时，她突然听见一声雷鸣般的轰响，原来是男孩把石头推进了洞口，女巫差点被迎面滚来的大石头撞上，还好她反应很快，才捡了条命。可她此时已被深深埋在了地下，向上的出口已被大石头堵死，就算用力拿头去撞也没有用；而从原路返回也已经不可能，因为天黑后男孩没见到女巫，于是独自偷偷溜进牢房，进来后看到墙根处的洞口大敞四开，那块扁石头也被挪到了旁边，又听到通道里好像有动静，还以为是长发怪物要来偷袭，所以恐惧之中便赶紧搬起那块扁石头盖住了洞口。为了安全起见，他还在上面又压了一块大石头。做完后，他长长地松了口气，挺了挺身子，可一回头，却在自己的牢房里看见了那个他最害怕的东西！原来那个女孩虽然喜欢黑暗和安静，但还是会感到孤独，总想找个人陪伴。于是散步时她发现这间房门开着，便走了进来。可对于男孩来说，黑夜只会带给他恐惧，只有在金色的阳光下，他才会心情放松，哪怕是面临危险。可在柔和的月光里，当万物失去清晰的轮廓，世界对他来说就像是失去了根基，变成了虚幻的梦境。因此，当夜里看到某个生命出现在房内时，男孩吓得举起双手，看也不看地逃进花园，冲进了对他而言简直是鬼魅般的世界。

深夜花园里的低语声更是让男孩吓得浑身颤抖，因为这是一个寂静的世界，不像白天那样躁动不安，到处都是鸟儿甜美的啾啾声和小虫子忙碌的吵闹声。白天里的碧绿色和金黄色都奇怪地消失了，天空变成了一个被高高吊起的大黑屋顶，闪烁着怪异的光芒。男孩艰难地挪动着双脚，感觉大树和灌木像是要伸手抓他一样。他不时惊恐地回头看，生怕那个长发怪物会跟上来。可刚跑出不远，他就被匍匐在地面上的藤条绊住了脚，另一只脚撞到了树根，身子趴在地上，头也撞上了树干。顿时，星光闪烁的夜空开始疯狂地在他眼前旋转，旋转，随即一切又陷入了黑暗。

不知过了多久，一阵轻柔的触摸使他醒了过来，原来是一双轻盈美丽的手正用凉水擦拭自己的脸。可他仍旧紧闭双眼，躺在那里，感觉像是一场梦。过了一会儿，仍感到虚弱、疲惫和疼痛的他终于睁开了眼睛，看到的是那个女孩的脸。清风拂过，她柔软的鬈发犹如卷曲的丝线草，他盯着她，从她的脸上看到了温柔和善的光辉。无意中，他还看到了一个大月亮，像盘子一样，散发出清冷的银光，在云彩的臂弯里飞快地飘过。对他来说，这种情景陌生而可怕，他再次感到眩晕无力。看来一定是什么邪恶的东西把温暖从天空中偷走了，才会让鸟儿消失、花儿凋谢。

他又闭上眼睛，在和内心的恐惧做着斗争。这时他听到了那个女孩金子般纯净的声音，她在一遍一遍地问着：

“这里这样孤独，我不是你的朋友吗？我不是你的朋友吗？为什么要躲开我？”

虽然还是有些害怕，可听到这样的话，男孩有了一种被幸福包围的感觉。因为他知道，自己尽管从不曾说过，但其实也一直很孤独。他试图像一个真正的男人那样努力遏制住恐惧，但那闪烁的星光、怪异的阴影和无边的黑暗却让他不寒而栗。只要闭上眼睛，情况就会好一些，可一旦睁开，看到这无边无际的黑暗，痛苦就立即又向他袭来。最后，他不得不鼓足勇气开了口。

“好吧，”他说，“那我们走吧，离开这个充满阴影的世界。”女孩还以为他说的是女巫的这块领地，于是就拉起他的手说：“好的，我们走吧，新朋友。”

接着，他站起身，说自己已经准备好了，其实双手还在紧紧罩着自己的眼睛。女孩却让他稍等一下，因为她听说女巫曾在某个树洞里藏了一块燧石，穿山甲告诉过她，那块石头具有魔力，可除了能砍倒大树之外，她也不知道它还有什么魔力。不过，她补充说，带上这块石头总不会有坏处。

女孩走开去取石头，男孩却感到更加孤独。他睁开过一次眼睛，可周围还是那么怪异可怕，于是他又立刻闭上眼，耳边又响起了猫头鹰那沉闷而忧郁的叫声。

不过让他高兴的是，他的新朋友很快就回来了。女孩把燧石递给他，然后拉起他的手为他带路。因为害怕月光，他一直不敢睁眼，这一夜，他们就这样手拉手，一直奔跑，跑过怪石嶙峋的浅水滩，跑过雾气流动的沼泽地；在道路艰险难走时，他就紧紧保护着女孩。

黑夜里的女孩很机敏，这给了男孩很大的帮助，直到夜色渐渐消散，东方露出晨曦，男孩快乐地大喊："现在我不怕啦，我又有了力量，是不是这块石头发挥了魔力？"

女孩却叹了口气："嗯，我反而担心那块石头带来的不是好运。我们还是把它扔掉吧，我感觉自己越来越虚弱，越来越害怕，而且也很不自在，这蓝色的天空让我觉得好可怕。"

听到这里，男孩笑了，他说她对自己很珍贵，并且还让她相信他。她虽然还是很怕，却感觉好了一些。然后，太阳升了起来，万道阳光洒遍天空，成千上万只鸟儿醒了过来，在热热闹闹地大合唱，男孩的心里洋溢着幸福，可女孩却从未听到过这么多吵闹的声音，她痛苦地流着泪，双手紧紧捂住了耳朵，而且随着太阳光线如洪水般地涌上来，她的眼睛像是燃烧一样的灼痛。尽管非常想回到那个黑暗的世界，可她还是努力地和恐惧战斗。当太阳完全露出灿烂的笑脸时，男孩不由得高声欢呼起来，可女孩却头晕晕地说道：

“噢，你还是先走吧，把我一个人扔在这里好了，直到我被烤成肉干。被这种燃烧着的光线照着，我根本走不了路。我的眼睛快被烧焦了，头顶也在着火。甜美的寂静再也没有了，黑夜的灵魂已经死去。”

听到这么悲伤的话，男孩也很难过，可他却不想失去这个新朋友。于是，他折下几根树枝编成一个树冠，戴在她的头上，树冠下便形成了一小片清凉的绿荫，然后他挽起她的胳膊，高兴地走进了阳光里。可她还是脸色苍白、浑身颤抖。中午，阳光变成了黄铜色，天空中射下来的光线更加灼热，他们来到山腰的遮阴处，藤蔓爬得到处都是，于是两个人在这里休息了一下。男孩把树叶和苔藓铺在地上，让女孩坐下，还给她找来了野莓、野果和松软的根茎，并用树叶舀来清甜的泉水给她喝。

就这样，又到了昼夜交替的黄昏，两个人都不再害怕。因为灼热的白天就要过去，女孩变得勇敢起来；而令人难过的夜晚还没有到来，男孩也不会感到恐惧。于是他们手拉手，微笑着一起走向开满鲜花的大草原。

现在，他们已经把那个女巫忘得一干二净，或者说以为她已经回到了自己的房子。可事实并非如此。前后两个出口都已经被堵住，女巫进退不得，后来被逼急了的她使劲一跳，那力气真是大得惊人，一下子就钻出了地面。女巫抖掉眼睛、耳朵和头发里的灰土，开始四下里寻找男孩和女孩，但根本没有看到他们的影子。后来，爱告密的穿山甲把发生的一切告诉给了女巫，于是女巫急忙去树洞里拿她的燧石，那可是一块极其锋利的石头，只需随手一抛就能杀人。可当发现宝物不翼而飞时，女巫气得火冒三丈，发了疯似的在原地转圈，跳着脚厉声尖叫。不过她很快就开始在后面追赶他们，使出浑身的力气，一路跳着，手里还抓着弓箭。到了山顶后，她远远地看见男孩和女孩正有说有笑地站在山谷里。

不过女巫知道，那里是羊驼山谷，男孩和女孩会受到庇佑，她的魔法在那里根本不起作用。事实上，就在女巫看到两个孩子的那一瞬间，放哨的羊驼就把情况告诉给了他们。羊驼让他们快跑，免得在穿过大草原之前被女巫抓住，于是男孩和女孩手拉手飞奔了起来。看到昔日的两个囚徒就近在眼前，女巫像一匹烈马一样狂奔，将灌木和石块踢得在空中乱飞，一步竟跳出了近五米远！

为了保护孩子们，一群羊驼从左右两边跑了过来，十个、二十个、几百个……它们高昂着骄傲的头，温柔的眼睛里溢满关爱。它们在孩子的两边奔跑着，还有几个紧跟在后面做掩护，以防女巫的箭会射中他们。就这样，许多好心的羊驼被箭射中，献出了自己的生命。

见此情景，女巫想到了一个坏主意。她取出魔箭，高高地向空中射了出去，箭从羊驼群上方飞过，扎在孩子前方的土地上。这支魔箭一落地，立刻就变成了一千支，然后在土里扎下根，变成一棵棵大树。转眼间，整个大平原就被浓密阴森、枝条缠绕的大森林覆盖，所有生物都别想从里面出去。两个孩子回过头，看到穷追不舍的女巫此时正被许多动物牢牢地绊着脚：狐狸、野兔、松鼠，头顶上被一群鸟罩得严严实实，女巫不得不放慢了步子。这时，一头温和漂亮的美洲狮向孩子们跑来，一边跑还一边喊："燧石！燧石！"孩子们这才想起那块魔力燧石。

男孩取出燧石，定了定神，使出全身力气扔了出去。燧石在空中飞过，发出嗡嗡的声音，听到这个声音后，女巫厉声地尖叫起来，她十分清楚这块燧石的魔力。石头径直朝森林飞去，所到之处树木纷纷倒地，就像是巨人挥舞着锋利的巨斧在肆意砍伐。就这样，燧石开辟出一条笔直宽阔的大道。穿过这条大道，孩子们就能到达前面的山谷。那群羊驼又在他们身边重新聚拢起来，这样一来，就再没有什么能够伤害到他们了，两个孩子一起奔向下面的开阔地。但故事并没有就此结束。燧石在密林中开出一条道路之后，落在了地上，然后钻进土里，一直向下越坠越深，直至沉入一个清澈的地下湖湖底。于是，下沉的洞口处就汩汩流出一条银亮清甜的溪水，顺着那条大路流向森林的另一边，经过那个女巫时，又分成左右两条支流。可对于女巫来说，水就意味着死亡。当水流越来越急，开始淹没地面，水便渐渐漫过了她的脚踝，她便立刻像糖块一样融化了。

“这条溪水，”老婆婆继续说，“一直在流淌，就变成了拉古那—别德马河，而那片森林就是我们现在看到的森林。那个男孩和女孩后来结成了夫妻，就在现在这个地方生活了很多很多年，和他们生活在一起的还有许多动物，有羊驼、小鹿，还有各种鸟。年头久了，这个故事也就被忘得差不多了。”

讲完故事后，这个古铜色皮肤、满脸皱纹的老婆婆看着我，把她的白色羊毛披肩向上拉了拉，接着又说起自己曾分别在不同的时候把这个故事讲给了四个游客听，他们都非常喜欢，而且听完后每个人还给了她一个银元。

“另外，”她兴致勃勃地说，“我还可以让你看看这些银元，证明我说的都是真的。”说完，她起身进屋，很快又走了出来，摊开的手掌上放着四枚银光闪闪的硬币。我和她都沉默了一会儿，周围的人们也都装得漫不经心，还有人点起了烟斗，吐着烟圈，不时地把脚上的靴子弄出很大的声响。老婆婆又接着说：

“总会有那么一天，某个勇敢的西班牙绅士听到这个故事后，会把这四个美元变成五个。”

我想了一会儿，觉得自己还是很希望成为一个绅士的，也为了成全她的心愿，我于是摸出了一美元，幸好还随身带着。当然，我觉得这个故事是很值一美元的，就算它不值，花上更多美元在这个宁静的地方休息一下，并听上这么一个美好而单纯的民间神话故事，也是非常划算的。

魔力绳结

曾经有一个名叫波拉克的年轻人，据说他是一个国王的儿子，当然也可能不是；没人知道事情的真相，只是住在附近的一个有智慧的老婆婆这么说的。因为她讲的很多故事后来都被证明是真的，所以人们也就相信了有关波拉克身世的说法。波拉克是被一个采野果的农夫在湖边发现的。起初，农夫还以为看到了一块发亮的白石头，走近一看，才看清原来是一条用丝线草和白羽毛织成的毛毯，就像是一个温暖柔软的鸟巢，里面躺着婴儿波拉克。于是他把裹着毛毯的婴儿抱回了家，这样一来，农夫和他的妻子就有了两个男孩和两个女孩。孩子们也非常高兴又多了一个小伙伴。可说也奇怪，自从农夫抱回了波拉克，好运就频频降临到他身上，事事都十分顺利。至于那个新来的婴儿，也得到了精心的照料，和其他孩子一样长得四肢强壮、面色红润。

四个小伙伴常常在一起快乐地玩耍。对于他们而言，每天都像金子一样光彩夺目。说也奇怪，波拉克总是能看到别人忽略的东西，这并不是说他的视力就比兄弟姐妹们好，因为他们住的地方是在大山脚下，这里空气清澈透明，每个人的视力都很好，看远处的东西时就像是透过双筒望远镜一样清晰。波拉克一天天地长大，他能在平常的事物中发现美，常指给别人看黄昏时分天空变幻的色彩、湖水纯净的幽蓝、阳光下闪烁的波光，还有山坡上青草的新绿。尤其是鸟儿清亮的歌声，孩子们就是在这种音乐声中长大的，因为听得太多，以至于会忽视它的美妙。直到有一天，波拉克发出鸟一样的鸣叫，四周的树上和灌木丛中立刻传出一片应和声。这是一场多么热烈、多么精彩的大合唱，你应该能想象得到，其他孩子的心里会涌出怎样一种既甜蜜又酸溜溜的感觉。

在孩子们经常玩耍的大山上有一个地方，这里的悬崖直上直下，崖面光滑。虽然这里的孩子们个个步履矫健，能像小山羊一样爬得很高，而且在高处也不会感到眩晕，可却从来没有一个人能爬到悬崖上去。

悬崖的正中间有一块突出的岩石，一只大秃鹫在那里筑了巢。波拉克和伙伴们在悬崖下玩耍时总爱向上看，看到大秃鹫张开双翼，从岩石架上飞向高处，一连在空中盘旋好几个小时，画出一个又一个优美有力的圆。秃鹫越飞越高，翅膀看上去却一动也没动，只是那样斜着身顺风或逆风而行，一直向上、向上，直到在蓝天的衬托下变得像一只小蜂鸟。有时秃鹫会飞得很高很远，只一眨眼的工夫，那个小黑点就消失得无影无踪。如果这里的孩子想要许愿，那愿望一定是能像那只秃鹫一样展翅高飞，在天空中旋转，扫出一个巨大的弧线，然后向下俯冲，画出一条长长的下划线，最后再随心所欲地向上飞起。

一天，波拉克正和兄弟姐妹们在那里玩耍，妹妹突然失声大喊，用手指着崖面上的一条大裂缝。其他孩子循着声音看过去，发现一只个头很大的杂色猫头鹰正站在岩石一角，两眼直勾勾地盯着正下方，原来那里有一只鸽子，正安静地趴在巢里。孩子们觉得，此时那只大猫头鹰像是正在得意地尖叫："哈！我看见你了，小鸽子。我的爪子锋利得像针，嘴巴尖得像钩子，我会把你撕得粉碎。我的孩子正等着吃鲜美的鸽子肉，它们一定饿极了！"

对于旁观者来说，这样的情形实在太可怕了。于是四个孩子冲着猫头鹰大喊，朝它扔石头，想把它赶走，可根本没有用。鸽子窝所在的岩石距离他们太远，崖面又非常平滑，谁也不可能爬得上去，只能眼睁睁看着弱小的鸽子被掳走。他们发现那只鸽子很害怕，呆呆地困在窝里动弹不得。而那只猫头鹰却转过脸向下看着吵嚷的孩子们，残忍的眼睛里放着凶光，头顶的两簇羽毛就像是两只角。显然，它根本没有要走的意思，事实上它甚至还又喊了两嗓子，像是在说："谁管你们，地上的小东西！"

孩子们觉得，这只猫头鹰就像是在威胁一个无辜犯人的监狱看守，或是将要对一个孩子发起致命一击的行凶者。看到鸽子如此无助，他们都很难过，而上面的猫头鹰却已经做好了准备，随时会俯冲下来。波拉克心里也很难过，他甚至想要爬上悬崖，尽管大家知道他根本爬不了多高。可他刚爬了一小段距离，奇怪的事情就发生了。正在空中盘旋的秃鹫，从自己的身上拔下一根长长的羽毛，羽毛打着转儿，向下飘然地落在了靠近波拉克右手的石块上，而此时，他的左手正紧紧抓住头上方的岩石。

可是，波拉克说不清自己为何要在此时伸手去捡一根羽毛，他的小伙伴们更是猜不到，可他的确这么做了，不仅如此，他还满怀好奇地盯着这根羽毛，欣赏它优美的线条和明艳的色泽。与此同时，他的手指不自觉地绕着羽毛，打了一个小小的结。接着，更加奇妙的事情发生了：波拉克轻轻飞离了岩石和悬崖，飘向空中，悬在了小伙伴们的头上方，轻盈得就像是一朵飘落的蓟花。接着他又在羽毛上拧了一个很小的结，然后他的身子就继续向上升去。他又尝试了几下，将羽毛指向崖面，奇怪，他整个人于是便立即朝悬崖飞去。现在他终于知道，这是一根魔力羽毛。波拉克于是借助这根羽毛紧贴崖面向上急冲而去，速度就像飞得最快的鸟。突然，他来了一个漂亮的转身，离开崖面，继续向上飞，俯冲直下时又画了一个大大的圆，然后又向上急速射过去，最后在猫头鹰坐着的地方停住了。

看到波拉克，这个尖爪利齿的家伙连忙扑了几下翅膀，静静地飞走了，很快便消失得无影无踪。

不知为什么，悬崖下的三个孩子竟然一点都不害怕，他们觉得一切都非常合情合理。看到站在岩边的波拉克，他们不禁欢呼起来。猫头鹰飞走后，窝里那个蓝灰色的小精灵发出了感激的咕咕声，他们听到后又快乐地拍起了小手。可他们并不知道波拉克接下来要做什么，于是仔细地看着他。只见波拉克又弯下腰，从崖边捡起了什么东西。

原来，身在高处的波拉克看到鸽子窝后面有一圈丝线，就和一根细线差不多粗，中间还有一个古怪的绳结。起初他还以为那是鸽子窝上掉下来的，便没有去碰它。可那只鸽子立刻从窝里站了起来，用嘴巴叼起那根丝线的一端，递给了他。波拉克接过后，把线绕成一团，放在手心里不过像一颗野莓那么大，质感却极其柔软。他突然意识到，这可能就是那个老婆婆经常提到的魔力绳结——能把邪恶的东西捆绑起来，哪怕那些坏家伙强壮得能举起巨石。谁都不知道这个魔力绳结是怎么到这里的，不过这并不重要，可以确定的是，如果不是它，那只鸽子早就被猫头鹰抓走了。秃鹫或许知道它的来历，因为它见多识广，智慧过人，知道许多人类所不知道的事。于是波拉克手拿羽毛再次飞起，从高处看下去，小伙伴们就像是小狐狸那么大，然后又把羽毛向下指了指，他便很快轻轻落到了地面上。

试验时间到了。每个孩子都跃跃欲试，想要试试羽毛的魔力，整个晚上都玩得开心极了，他们越飞越高，越飞越勇敢，最后每个人都飞到了秃鹫筑巢的那个高高的岩架上。这根神奇的羽毛用起来很方便，孩子们发现只要心中不再有怀疑和恐惧，就会安然无恙。可一旦对它的魔力有所怀疑，那就半步也别想离开地面。至于那根打着结的丝线，他们也说不出到底哪里好，但可以肯定的是，它很神奇，而神奇的东西总是有用的。于是孩子们小心翼翼地保护着它，把它放进了一个坚果壳里，这样就能在急需时派上用场。不过，这个魔力绳结发挥魔力的时间可要比他们预想得早得多。如果你不害怕，就来听听下面这个故事吧。不过听完后你可能会在黑夜里感到紧张，会担心发生同样的事；如果是在荒郊野外，你可能还会感到恐怖的恶魔正向你悄悄逼近，然后惊慌失措地冲向家里。如果是这样的话，那你最好就不要读下去了。不过要记住，魔力绳结的确发挥了魔力，该被捆起来的家伙已经被永远捆了起来，谁都不用再害怕黑暗。当把手放在门把上时，你也不用再害怕得发抖，也不必再担心会有什么怪物从暗处跳出来把你抓走。

如果你是个胆小鬼，那就读到这里为止吧。如果不是，就请看接下来到底发生了什么。

一天晚上，在波拉克的相邻部落里发生了一件奇怪的事：几个农夫正围坐在林中空地上的小房子里闲聊。正聊着，一个人忽然感觉口渴，于是就让小儿子去溪边打水。小男孩拿起盛水的葫芦勇敢地走进了夜色，而那条小溪距离他家也只有一百步左右。可人们等了很久也不见小男孩回来，奇怪他为什么会这么磨蹭。于是其中一个人出门去找，他沿着门前的那条路来回走了好几遍，也没见小男孩的踪影。

更糟的是，第二天晚上，又一个小男孩要去小伙伴家里玩，尽管两家只隔着五户人家，可小男孩一直都没到小伙伴的家。他的父母沿着他留在砂石路上的脚印去寻找，结果发现脚印到一个地方后就消失不见了，远处是一片平坦的沙地。到了第三个晚上，怪事仍在继续。一个小女孩和姐姐一起去亲戚家，小女孩先回去了，可她刚走，姐姐就想起两个男孩不明失踪的事，于是就立即出门，想和妹妹一起回家。那天晚上没有月亮，湿冷的薄雾遮住了几点寒星，可姐姐还是看见了前面不远处妹妹穿着白色裙子的小小身影。虽然飘忽不定的白裙看起来有些模糊，可那千真万确就是自己的妹妹。突然，怪事再次发生：白云一样的裙子就那样凭空不见了！姐姐飞快地跑过去，只听到一声叫喊，那声音像是从头顶上方的空中传来的。她循着声音看过去，发现白裙的一角倏地一闪，接着就什么都没有了。妹妹就这样消失在夜色里，就像是一个突然破裂的肥皂泡。

一连串的咄咄怪事让整个部落笼罩着恐怖的气氛。人们白天里紧张兮兮，晚上更是惶恐不安，天一黑就关门关窗，即便是在屋里也如坐针毡。终于一天晚上，夜空漆黑如墨，一户人家正在屋里团团围坐，忽然听到屋顶发出巨大的撕裂声，像是一只巨大的爪子正要把茅草屋顶掀翻。灯忽然熄灭了，一家人吓得瑟瑟发抖，蹲下身子抱成一团，心怦怦地跳着。后来，一切终于恢复了平静，可他们却发现屋顶已经被抓破一个大洞，从印记来看像是一只大鸟的爪痕。

一场风波总算过去了，可人们的心头仍旧阴云密布。很快，消息便传到了波拉克的耳朵里，他听到这些传闻时，那个老婆婆也在场。她也在认真地听着，然后若有所思地点点头说：

“别慌，等月亮出来时，情况就会好一些。”

老婆婆还说了很多，尤其是问起波拉克是否真的有那个魔力绳结，然后就告诉他该怎样去做。果然，每当晚上有月亮时，那些恐怖的事就再也没有发生过。

与此同时，波拉克也在忙碌着。自从听了老婆婆的指示后，他每天都要借助那根魔力羽毛飞向远方。他在高空中盘旋，穿过峡谷，飞过山峦和湖泊，飞向遥远的西方，发现了很多新奇的地方，还看到了水天相接的大海。秃鹫们对他很友好，陪着他一起飞往各处，尽可能飞得又高又远，并且从不停歇。后来，秃鹫们带他来到一个陌生的地方，那里的山谷光秃秃的，还有一只丑陋怪异的大黑鸟在那里踱来踱去。这只鸟很强壮，每只爪子都足以抓起一头大羊驼，嘴里还能再叼上一只。它个头庞大，秃鹫站在它身边时就像是一个小不点儿。可这只鸟奇丑无比，眼皮层层叠叠地堆积着，但目光锐利，爪子像铁钩，沉重的翅膀鼓起的风能让周围的大树弯下腰，就像是在探着身子彼此窃窃私语。波拉克立刻想到，那个趁黑夜俯冲下来抓走孩子的恶魔一定就是这只大鸟，这样的鸟，世界上也就只有这一只，并且它也只能产下一枚卵。

波拉克连续观察了许多天，紧紧跟着那只鸟，最后终于在没有人到过的高山上发现了它又脏又臭的巢穴。巢里有一枚硕大无比的蛋，蛋壳里甚至能装得下一只山羊。巢穴旁边有一个洞口，洞里的四壁非常陡峭，里面囚禁着被大鸟抓走的人。波拉克还发现，这只大鸟每天都会往洞里丢一些果子，好让那些不幸的人们能够活到卵被孵化的一天，到时他们就会被拿来喂那只新生的鸟。等到大鸟飞走后，波拉克便大着胆子靠近洞口，呼唤那些被囚禁起来的人们，大家高兴得欢呼起来。他们相信，波拉克很快就会再次回来解救他们，并杀死那只大鸟。

波拉克飞回部落，向大家讲述了自己的亲眼所见，接着在那位老婆婆的指示下，和朋友们在树林里选中一棵最粗壮的大树，削去树梢和树枝，把树干削成一个年轻人的身形，下面的树根仍旧留在地下。他们给这个“人”涂上颜色，穿上外套，还在“手”里放了一个盛水的大葫芦，把他装扮成要去打水的样子。然后，他们又在这“人”的不远处用竹竿搭起一间小屋，屋檐盖上茅草。在月亮再次变暗之前，他们完成了所有的准备工作，只等大鸟的到来。

接下来连续三个白天，波拉克都拿着羽毛飞来飞去，晚上就留在那间茅屋里。第三天晚上，他终于看到一大团黑云朝他这边快速地移过来，他知道那只恶鸟终于来了，于是急忙跑进茅屋，随后便听见空中传来了刺耳的撕裂声。大鸟发出可怕的尖叫，拍打翅膀的声音就像是空中的霹雳，波拉克看到它朝那个木头人猛冲直下，伸出尖爪，张开利嘴，一下子钳住了木头人，试图把它叼起来。可木头人却纹丝不动，大鸟于是越抓越紧，爪子和嘴巴深深地嵌进了木头之中。这场恶战真是可怕！连树根周围的泥土都被摇撼得有些松动，眼看树桩就要被连根拔起。最后，大鸟发现实在难以带走这个家伙，便试图飞走，可爪子和嘴巴已经被木头牢牢夹住，就像是被老虎钳咬住一样。于是它气急败坏地用力拍打着翅膀，奋力撕扯，可使出浑身的力气也无济于事，只好用嘴巴猛啄，翅膀也扑扇得更猛，卷起的大风刮弯了树木，把波拉克藏身的那间茅屋也刮得摇摇欲坠。

这时，波拉克冲了出去，手里拿着魔力羽毛和魔力绳结，很快就飞到了正与树桩进行恶战的大鸟上方。他一边在空中盘旋，一边松开那卷打结的丝线，一直往下放，丝线立即像网罩苍蝇一样，把正在扇动的大黑翅膀绑住。魔力绳结看起来有些不起眼，可力量却是无人能敌的。很快，可恶的大黑鸟就被永远地捆绑了起来，再也动弹不得。

第二天一早，波拉克便飞到那个遥远的山谷，在大黑鸟的巢边降落。他走进关押着那些不幸人们的山洞，一个一个地把他们送回家。至于那枚巨大的鸟蛋，波拉克则用肩膀顶着将它推下了悬崖，摔得粉碎，这个害人的物种也从此彻底消失。直到今天，在飞翔着的各种鸟类当中，再也看不到这种害人的大黑鸟了。

不幸的许愿者

我和卡纳萨一路骑着马赶往南方，走了很多很多天，只有在换马时才能休息一下。有时一天里我们要换三四次马，可换马时倒是有很多选择，因为我们前面一直赶着大约三百匹母马和小公马。卡纳萨是南美大草原上出色的加乌乔牧马人，也是大家公认的老实人。因此，一些在我看来十分棘手的活儿，对他来说却是小菜一碟，比如用套索套住未驯服的小公马，或是给它们装马鞍。

这样一路奔忙，我终于感到有些疲倦。一天晚上，我们坐在宿营地的一小堆篝火旁，烧好水后，用药草泡了茶，我便对卡纳萨说，希望能结束自己这项牧马的工作。

卡纳萨正在拨弄吉他。过了一会儿，他才把吉他放到一边，说道：

“希望可不是个好东西，有希望的人往往都要冒险。为什么这么说呢？因为无论何时，只要你许下愿望，就总是会漏掉一些不该漏掉的东西，事情可能就会朝坏的方向发展。”

我于是说，一个小小的心愿还是无可厚非的。可即便这样，他仍然认为不太合适。凡事都是水到渠成的，他说，世界上没有一个人会有如此的智慧，能够让事情完全按照自己的心愿发展。接着，和那些居住在南美大草原上的人们一样，卡纳萨给我讲了一个故事，他们总是喜欢通过讲故事来证明自己的观点是正确的。

从前，在巴拉圭，有一个女人，因为没有孩子，她便日思夜盼着能有一双儿女。她不仅许愿，还去长满了野酸橙、柑橘和柠檬的树林里，去铺满大片睡莲叶子的池塘边，在那些安静的地方独自唱着有关她梦中孩子的歌。她在歌中唱道：我希望自己的儿子英俊漂亮，身手矫健，臂膀强壮；我希望自己的女儿拥有迷人的眼睛和绸缎般的秀发。她就这样日复一日地唱着这首歌，最后愿望果然实现，她生下了一儿一女，男孩四肢强壮，身材健美，女孩则像鲜花一样美丽可爱。

看来一切都已经顺心遂意，可事情并没有结束。这个女人希望儿子勇敢健壮，身手矫捷。男孩的确是如此，可她并没有想到，说来很不幸，男孩的眼睛却看不见任何东西。对他来说，没有白天和黑夜，不知道太阳和月亮，也看不到碧绿的草原和蔚蓝的天空。而她的女儿，倒是拥有一双热情明亮的大眼睛，从百步之外就能看见一只蜂鸟。可遗憾的是，她的双腿肌肉萎缩，没有行走能力，因为女人在许愿时忘了说女儿的健康，所以她只能每天尽力靠双手来爬行。

看到眼前发生的一切，女人难过极了，因为美好的愿望成了一场噩梦。她过度悲伤，日渐苍白消瘦，终于在一天晚上，把两个孩子拥入怀中，和他们吻别，然后就不见了。第二天一早，邻居来告诉他们，女人已经死了。

两个孩子后来渐渐长大。一天，家里来了一个陌生的老者，身上穿着破斗篷，还说自己是来自一个没鼻子的部落，已经走了几百英里路。他又累又饿，衣服被荆棘挂得破烂不堪，脚也被石头划破了。兄妹两个把他带进屋，端来清水给他清洗，还拿来用木薯粉和香蕉树叶汁做成的新鲜面包给他吃。好好休息了一阵子之后，老者恢复了精神。为回报兄妹两个的善良，他给他们讲了一个远方奇怪女巫的故事，那个女巫知道许多秘诀，还能做许多神奇的事。

“她只要翻一下手掌，”老者说，“就能让女孩的四肢变得强壮，再翻一下，就能让男孩看见光明。”

接着老者继续讲述有关其他女巫的故事。他说很多女巫其实也并不是很坏，和男巫师一样，都是既善良又邪恶。其实，她们有时还会抚养小孩，而且并不是出于卑鄙的目的，而只是因为她们喜欢孩子的美丽。“因为，”他说，“将一个孩子看管起来，就和摘下一朵花或将一只鸟养在笼子里是一样的。否则，也就是说，将鸟关在笼子里，就会变得和偷走一个小孩一样邪恶了。”

饭后，三个人一起聊天、唱歌。太阳落山时，老者起身向兄妹俩道过晚安，然后来到一棵大树下躺下来睡觉。第二天早上，孩子们一觉醒来，发现老者已经不见了。

兄妹俩一整天都在讨论老者所说的话。妹妹看着哥哥，想象着他看到清晨的薄雾和夜晚的星空，兴奋得脸上泛起了红光，眼睛也熠熠闪亮。而此时哥哥也在他黑暗的世界里想着怎样才能找到那个女巫，说服她施展法术，好让妹妹能够蹦蹦跳跳，用灵巧的双腿去溜冰或是跳舞。于是最后，他们决定立刻出发去寻找女巫。哥哥把妹妹背在肩上，然后让妹妹来指路。就这样，他们安全地绕过灌木丛，穿过遍布短吻鳄的沼泽地，越过长满齐肩高的矮棕榈树的山谷。每天夜里，他们总能找到一个安全的地方休息，附近要么有一汪晶莹的清泉，要么有一个水质清甜的池塘。经过多日的长途跋涉，他们终于来到了女巫居住的小山。

正如老者所说，女巫一个人孤零零地生活在这里，几乎没看见过其他人，因为也根本不会有人从这里经过。看到这两个小客人，女巫非常高兴，带他们来到一个绿树成荫、花香四溢的园子。看到女孩双腿萎缩，就像一只折翅的小鸟，女巫便尽一切力量为她提供帮助，她还向男孩描绘了飞鸟的样子，还有金色的阳光和舒展的绿枝。女巫是想通过这些来安慰一下兄妹两个，好让他们愿意和自己待在一起，并能永久地住在这个温和的绿色山谷之中。然而，她越是给他们描述这个小世界的精彩和美妙，他们就越想变成正常人。女孩想拥有不受束缚的双腿，男孩则想拥有一双能洞察万物的明亮眼睛。

过了很久，男孩才把陌生老者的事说给女巫听，并表示他们很想得到她的帮助并恢复健康。听到这里，女巫感觉自己想找人陪伴的梦想已经落空，心也顿时一沉。她知道，一旦成为正常人，他们就会离开自己，就像自己精心喂养的那些鸟一样，一到冬天就会飞走。于是，她便不再给他们讲好玩的故事，而总是说些吓人的东西，比如残酷的死亡、灰蒙蒙的天空、干涸的沙漠，以及充满邪恶的黑暗森林。

“和总是看到肮脏和痛苦相比，”她说，“还是什么都看不见更好一些。”

可男孩却说：

“如果是这样，我就更想恢复视力了。因为也许我能把那些枝干缠绕的大森林清理一下，把你说的那些邪恶怪兽除掉。”

女巫听后叹了口气，但内心还是为男孩的话感到高兴。接着，她又转向女孩，告诉她对于能走路的人来说，这个世界有多么危险。残忍的野兽会把人抓伤撕碎，锋利的石块会划伤柔嫩的双脚，藏在石头下的大蛇会分泌毒液。姑娘耐心听完后拍着手说：

“那正是我向你寻求帮助的理由，如果有了轻盈灵便的双脚，我就能避开那些有害的东西，当然如果哥哥没能把它们杀死的话。”

“好吧，”女巫说，“如果你能到处走动，知道我住在一个这么美丽的地方，你会很高兴和我生活在一起，那我只好答应你的请求了。要知道，你之所以会变成现在这个样子，就是因为一个愿望出了差错。现在，我去找能够治好你双腿的树叶，可那需要一天一夜的路程，但这还只是一个方面。如果想彻底治好你的病，你还必须要完成一个任务。明天早上我离开后你就要开始执行，如果我回来后看到你已经完成任务，我就会治好你的腿，否则一切都将照旧。不过从今以后，我愿意做你哥哥的眼睛，告诉他这世界上最美好的事物；也愿意做你的双腿，为你奔波和操劳。不过，我只是做事，绝不会再许下什么愿望。说真的，看见你们两个成为正常人，我会非常高兴，可如果那样，你们就会离开我，我又会陷入心酸和孤独。”

停了一下后，女巫又对女孩说道：

“告诉我，孩子，如果这个地方属于你，为了让这里变得更美，你会做些什么？”

“我想，”女孩说，“我会把房子后面小树林里的灌木和棘刺清理干净，那样哥哥就能在里面散步，不会被刮伤或划破。”

“很好，”女巫说，“那么你呢，年轻人，你打算做些什么？”

“我想把山谷中的石头全部运走，那样妹妹就可以在柔软的草地上玩耍，不会再跌伤。”

“好吧，”女巫说，“你们的承诺已经成为魔咒的一部分。所以在我回来之前，年轻人，你要把这里的石头全部搬走，女孩，你要确保树林里不再有荆棘。这两个任务还是很艰巨的。”

女巫说完便离开了。可两个孩子却一点也高兴不起来，因为对于一个双目失明的男孩来说，要全部搬走这些石头似乎是不可能的；而让一个双腿无法行走的柔弱女孩去清理树林，无疑更是难上加难。他们尝试着做了一会儿，最后还是不得不放弃。他们就这样茫然地站在那里，思考了一会儿，最后决定还是回去。

突然，小山那边走过来一个人，兄妹两个惊喜地发现，正是那个穿着破斗篷的老者。老者休息了一阵之后，他们就把自己遇到的麻烦告诉给了他，语气中透露着悲伤，因为虽然他们已经尽了全力，可一切似乎只能以失败告终。

“我希望——”男孩刚一开口，老者就抬了抬手指，打断了他。

“希望从来都是没有用的，”他说，“但有人相助却能起到很大的作用，一个人是需要很多人帮忙的。”说完，他把手指放到唇边，打了一声奇怪的呼哨，天空中立刻飞来一大群鸟，黑压压的，每只鸟落地时都会抓起一块石头，然后再飞起来，一眨眼的工夫，山谷就被清理得干干净净。然后老者又打了一个呼哨，四面八方钻出一群兔子，它们连蹦带跳，冲进小树林，把棘刺灌木的茎咬断；后来又来了一群狐狸，把杂草拖走了。就这样，不到一个小时，树林就被清理完毕。女巫回来后一看，所有任务竟然全都完成了！

于是女巫用采来的树叶泡了茶，然后把茶水递给兄妹两个，要他们喝下。“记住，”她说，“天黑之前一定不能开口说话，否则你们将会回到原来的状态。”

兄妹两个爽快地下了保证，并将药茶一饮而尽。哥哥一下子就看到了碧绿的青草，还有深蓝、绯红和淡紫色的花朵，以及树荫里闪亮如钻的蜂鸟，他不由得快乐地大叫：

“啊，妹妹，你看，这一切是多么美！”可话音刚落，他便又立即陷入黑暗。此时妹妹能够感觉到自己的双腿正变得强壮，于是情不自禁地跳起了舞。可听到哥哥的叫声之后，她知道哥哥一定是恢复了原状，差一点也情不自禁地叫出声。有那么一会儿，她真想失去已经拥有的一切，这样就能和哥哥一起感受不幸。可她又想，只有自己强壮了，才能帮助不幸的哥哥。于是她走过去，拉起哥哥的手，吻了吻他的脸颊。

日落时分，一直静静坐在那里的男孩开了口。他把脸转向女巫，平静地说道：

“你已经尽力了，”他说，“你的善良和你的魔法一样强大。现在，既然妹妹已经恢复了健康，我也就满足了，并且我也曾看到过这个美妙的世界，虽然只是昙花一现。所以，女巫婆婆，既然你不能完全满足我们的愿望，那就请来分享我们的所有吧。我们一起回到我们的家乡，去看看那些为我们所热爱的事物，那些飞鸟、鲜花和绿树。我们会以最大的善意来回报你为我们所做的一切。”

听到这话，女巫突然拍起手唱起了歌，她高兴地告诉他们，魔咒已经被解除，因为终于有人把她当作朋友了。

“我不是女巫，”她说，“我是你们的妈妈。我没有死，只是因为一个毫无意义的愿望，我才会被变成这个样子。”

后来，男孩又恢复了视力，妈妈也变成了原来的模样，身材高挑，容貌美丽。最后母子三人一起回到了家乡，过上了幸福美满的生活。

饥饿的老巫婆

她是一个女巫，一个老女巫。她总是感到饥饿，生活在很久以前的一个森林边上，也就是现在的乌拉圭、巴西和阿根廷之间的一个小角落。那时，沼泽地里到处都是凶悍的野兽，天空中飞着一种和蝙蝠很像的奇怪大鸟，就连蠕虫也很硕大和强壮，一只普通的蠕虫甚至能够穿过岩石。一次，老巫婆逮住一只正在她宝贝魔石上打洞的蠕虫，于是便杀死了它。那块魔石从外表上看只是一块通体碧绿的石头，形状有些像是磨钝了的箭。可了解这块石头的人都知道，这可是一块极其珍贵的石头，任何人只要拥有了它，就能够在空中飞行，但时间仅限于从日出到日落。

老巫婆还有一件秘密法宝，就是一种粉末，除了她谁也不知道这种粉末是怎么研制出来的。后来这种粉末失传，现在人们也仅仅知道它是用树蛙干尸和山羊奶混合而成的。只需随意撒上一点这种粉末，地上的东西就能奇迹般地变化。借助它的魔力，老巫婆能将植物变成动物，把葡萄藤变成大毒蛇，把灌木变成狐狸，把小树叶变成蚂蚁。她还能让活生生的动物相互变形，比如把蝙蝠变成美洲豹，把蜥蜴变成短吻鳄，把蝙蝠变成可怕的不明飞行物。

老巫婆已经活了好几百年，事实上，时间久得已经让人无从知道她是从什么时候开始就一直存在着的。这里的一代又一代人都在讲述着她的故事：她能生吞猪狗牛羊，一夜之间就会从部落里掳走不计其数的牲口。当然，也有人试图用箭射死她，但都没能如愿，因为她的魔法能让箭头在快要靠近她时弯成“V”形。后来，人们只得把一年里饲养的一半牲口都拿出来，送到部落外的畜栏里供老巫婆享用，以期望能换来短暂的安宁。

后来，部落里一个男孩渐渐长大，他话不多，但勤于思考，是一个沉稳持重、勇敢坚毅的年轻人。又到了老巫婆每年造访部落的时节，年轻人却坚持拒绝把牲口牵到部落外的畜栏里去。

人们问他为什么要这样。他说他曾做过一个梦，梦见自己变成了一只被困在笼里的小鸟，但在里面没多久，就看见笼子周围爬满了柔美的藤蔓，笼栅栏之间悄然绽放一朵白色的花。他仔细一看，那花朵竟然变成了一个姑娘，带着笑，手里还拿着一把金钥匙。姑娘把金钥匙递给他，他便用钥匙打开笼门，然后和姑娘一起离开了。他醒来后，发现自己还不知道这个梦有着怎样的结局，但他一直认定这是一个好梦。

正是因为这个梦可能预示着接下来会发生的事，所以年轻人拒绝再向女巫进献牲口，相反，他还要冒险进入深山老林，把女巫揪出来除掉，这样人们就不用再受制于她邪恶的魔法。他心意已决，任何人都无法使他回心转意。

“这样是不对的，”他说，“我们不应该白白送掉自己辛苦喂养大的牲口，也不应该去喂肥那个想要毁掉我们的坏东西。”

于是，一位德高望重的老者送给年轻人一个名字——“勇敢之心”。部落里的人都很喜欢他，所以那天早上，当勇敢之心手执长矛，义无反顾地只身前往森林时，很多人都为他担心，甚至害怕得脸色发白、浑身颤抖。

勇敢之心在森林里走了整整三天，最后来到一个地方，这里到处长着青草，开着鲜花，还有一个湖，于是他在湖边的一棵树旁坐下，由于连夜赶路，他感到十分疲惫，开始打起瞌睡。他早就习惯席地而睡，这里也的确是个休息的好地方。可刚进入梦乡，他就恍惚看到有些乱七八糟的怪东西从地面钻出来，折腾得他睡不安稳。于是，他爬上树，在树杈间找了一个相对稳当的地方，很快就又睡着了。

正当熟睡时，那个老巫婆碰巧来到湖边。她把渔网撒到湖里，一边打鱼，一边用嘶哑的嗓子呱呱地唱道：

空中的飞鸟，
水里的游鱼，
没有一样是好东西，
必须都要统统杀死。

可能原话并不是如此，不过大意就是这样。歌声虽然一点也不动听，但却产生了神奇的魔力，鱼儿纷纷自投罗网，每一次下网都满载而归。女巫把那些鱼扔进柳条编成的大篓子里，旁边还另外堆放着几个这样的大篓子。

很快，难听的歌声赶走了勇敢之心的睡意，他睁开眼睛向下看去，一眼就看见了那个满脸皱纹的干瘪老太婆，还有晾晒在岸上的大渔网。他有点遗憾，因为又有这么多活蹦乱跳的鱼儿要白白送命，可最遗憾的还是他把长矛留在了下面的草地上。况且让他很不舒服的是，长途跋涉之后的他又渴又饿，浑身无力。这样一来，他几乎什么也做不了，只能坐在那里一动不敢动，暗自想着在自己做好准备之前可千万别被老巫婆看见。

可即便是一动不动，老巫婆还是从湖面上映出的树影中看到了他。假如此时她随身带着那块碧绿的魔石，情况可能就会大不相同，这个故事也会缩短许多。可就因为她没带这个宝物，也爬不了树，于是她便对勇敢之心说：

“你又累又饿吧？年轻人，还是下来吧，我这里有很多好吃的东西。”

听到这话，勇敢之心哈哈大笑，他知道女巫是绝不可以相信的，于是就说他坐在那里很舒服。可老巫婆心里又生一计，她把水果和野莓摊放在草地上，继续哄骗他说：

“来吧，年轻人，和我一起吃，我喜欢和别人一起分享好吃的东西，这里有新鲜的水果和香甜的蜂蜜。下来吧，我们谈谈心，我会把你当作儿子看待的，我一个人很孤独。”

勇敢之心还是一笑了之，可向来食量很大的他此时真的感到更饿了。

“你还有别的招儿吗？”他问道。

老巫婆顿时变了脸。她勃然大怒，双脚跳着，冲树上的勇敢之心张牙舞爪，活像一只凶恶的大母猫。看到她那恐怖的样子，年轻人在树上仍然稳如泰山。气急败坏的老巫婆便从土里拔起一块个头和人差不多的石头，使劲儿朝树上扔去，震得整棵大树都在摇晃，可勇敢之心反而觉得更有力量了。

老巫婆皱着眉，在原地站了一会儿，然后跪在地上，胡乱地抓起一堆树叶，时而嘟嘟囔囔，时而厉声尖叫。最后她站起身，开始往树叶上撒一种灰色粉末，接着一边来回踱着脚步，一边嘴里念念有词：

爬啊爬——爬啊爬！
爬上树干，爬上枝丫。
爬啊爬——爬啊爬！
爬过树叶，爬过树杈。
快去找，快去抓，
看到活的东西，
就去掐他，咬他，折磨他！
爬啊爬——爬啊爬！
让他摔下来，
让他像个腐烂的果子
脑袋开花！

她不停地施展着魔法，绕着一个小圈来来回回地走着，同时把粉末撒在草地上。很快，小草就长了起来，里面像是藏着什么活物。很快，草叶开始变小、变圆，又变成黑褐色，射出像头发丝一样的东西，眨眼间就变成了腿，最后每片树叶都变成了一只小蚂蚁。它们纷纷朝这棵大树涌来，密密麻麻地布满整个树干，这支蚂蚁大军爬过每片树叶和每根枝条，整棵大树也由青绿色变成了棕褐色。女巫的叫声越来越高，同时还发疯一样地挥舞着胳膊：

爬啊爬——爬啊爬！
爬上树干，爬上枝丫。
爬啊爬——爬啊爬！

蚁群离勇敢之心越来越近，老巫婆的叫声也越来越响，她一边用力地跳上跳下，一边挥动着长爪子一样的黑手命令道：

快去找，快去抓，

勇敢之心知道危险已迫在眉睫，面对如此众多的敌人，他无法还击，只好继续往树上爬，以躲避蚁群。敌人在后面穷追不舍，他只好越爬越高，最后被逼到了湖面正上方的树枝上，蚁群近在咫尺，那个老巫婆还在高声下令：

看见活的东西，
就去掐他，咬他，折磨他！

此时，除了跳湖之外已别无选择，勇敢之心悬在树梢上，蚂蚁已经爬上了他的手，有的甚至开始进攻他的胳膊。他只好松开手，掉进湖里，湖面激起一大片水花。在金色阳光的照耀下，冰凉的湖水呈现出一片蓝绿色，他在水里游了一小段，本想直接从水下游到远处再露头，可又必须不时地浮出水面换气。就在这时，他突然发现自己像是正处在一个什么东西的中心，奇怪的是，那东西竟然还在缓慢移动。他的心顿时狂跳起来，原来他落入了女巫的大渔网！显然，他再怎样奋力挣扎也是无济于事，女巫拥有魔法，一旦落入她的手中，无异于一条小鱼落入人类的手掌。他和湖里的其他东西混在了一起：鱼虾、浮渣、水甲虫、黏糊糊的水草、烂泥巴，还有一些不断蠕动的古怪水生物。很快他就觉得自己一头栽进了一个大鱼篓，整个人也被摔得昏沉沉的。周围一片黑暗，从沉重的碰撞声来看，他知道自己正被带往某个地方。

不久之后，他便被扔到了一个奇臭无比的地方。他感觉自己一定是处于一种昏迷或昏睡状态，加上女巫施展的魔法，他根本不知道发生了什么事。等到苏醒过来之后，他很快就辨认出自己正被关在一座石屋里，透过墙上的小孔向外看去，地上光秃秃的，寸草不生，到处都是巨大的灰色岩石。见此情景，他忽然想起自己曾经做过的那个梦，可那与眼前的一切并没有什么关系啊。

其实他错了，因为尽管他不是被困在鸟笼里，也没有两条缠绕的藤蔓和明艳的花朵，但却有着其他东西。过了一会儿，门开了，涌进来一股明亮的光线，照得他几乎睁不开眼，一个体态苗条、优雅迷人的姑娘正站在亮光里。她向他伸出手，带着他走出黑暗，来到一个镶着壁炉的石头大厅。听完他的遭遇，姑娘碧蓝的眼睛里溢满了同情的泪水。随后她打开一扇格子门，里面是一个能够藏身的小房间。

“很久以前，我被女巫带到了这里，”她说，“之后，老巫婆就杀死了她以前的女仆。可这个女仆死前曾经告诉我，女巫有一块绿色的魔石和一种神奇的粉末，并且还和我说过它们的用途。从那以后，我就成了老巫婆的奴隶，一个人在这里待了许多年。不过，现在你来了，她马上就会把我杀掉，然后让你来做她的奴隶，直到她也厌倦了你，再去抓下一个人。这种情况已经持续了很长时间，每个即将被处死的人都会把绿色魔石的魔力告诉给下一个人，但至今谁都不敢试着去使用它。”

得知一切之后，勇敢之心决定带着姑娘逃离这个梦魇般的地方，可他刚想开口说话，就听见了老巫婆的脚步声。

“快藏起来！”姑娘说，“这样才可能会比较顺利。因为我必须先拿到那块绿石头，有了它我们才能飞起来。和你在一起，我什么都敢做，可要是我一个人，却不敢冒这样的险。”

即便这样，勇敢之心也还是在犹豫，他并不想藏起来，可姑娘猛地把他推进了小房间，关上了门。隔着墙壁，他听见老巫婆走了进来，把一大捆柴火扔进壁炉。

“我又有了新的战利品，”这个吃人的恶魔说道，“这么多年来，我把你养得白白胖胖，现在你就要成为我的美味佳肴了，一个奴隶对我来说已经足够，这个年轻人将来也会是同样的结局。去吧，把盐、胡椒、红辣椒和黑辣椒拿来，快点，别磨蹭，我快饿死了，等不了了！”

姑娘走进另一个房间，老巫婆跪在地上，拨旺了炉火。姑娘很快又回来了，蹑手蹑脚地经过老巫婆身边时，朝她身上撒了一些魔粉，这个丑陋的老太婆当然想不到那是魔粉，还以为是姑娘毛手毛脚地把盐和胡椒粉弄洒了。她先是大骂，然后站起身揪住姑娘的头发，拉开勇敢之心藏身的小屋门，恶狠狠地把她推了进去。老巫婆根本不知道那个年轻人也在里面，只听她尖叫道：

“待在里面吧，你这个没用的东西，等我收拾好了再来把你烤熟。”

姑娘迅速把绿色魔石放进勇敢之心的手中，两个人随即从窗子里飞了出去，来到蓝色的天空下。他们回头看了看老巫婆，发现魔粉已经开始发挥作用，她的身体在膨胀，胀得连门都出不去。这时两个人越飞越高，看着地面上狭窄的山谷和石头房子，也看着正在拼命挣扎想从房顶挤出去的老巫婆。

两个年轻人不敢松懈，他们飞得又快又高。可老巫婆也不慢，粉末的效力过去之后，身体也不再膨胀，于是她冲破屋顶，看到正在飞走的年轻人，便立刻追了上去。

就这样，空中的年轻人和地面的老巫婆在飞快地前进。可不幸的是，绿色魔石只能在白天发挥效力，姑娘于是把这个情况告诉给了勇敢之心。老巫婆自然也十分清楚，那块石头在夜间是不起作用的。因此当她看见西沉的太阳和逐渐拉长的影子时，心中充满了邪恶的狂喜。她一刻也不停留，大踏步地向前飞奔，速度快得已经到了空中两个人的正下方，就连鸵鸟跑不过她。

西方的太阳已经开始一点点下沉，飞行中的两个人相互看了一眼，心中不免有些担心。最后姑娘急中生智，朝地面撒了一些魔粉，魔粉落在草叶上，顿时，他们高兴地看到草叶变成了兔子。而面对鲜嫩兔肉的诱惑，老巫婆自然是难以抵挡，于是便停下来逮了几只兔子，囫囵地吞了下去。就这样，天上的飞行者又赢得了一些时间。

可饥饿的老巫婆很快又追了上来。她加快速度，将刚才耽搁的时间全都补了回来，很快就又出现在他们的正下方。姑娘于是又撒下更多的粉末，这次粉末落在了棘刺和灌木上，立刻变成了狐狸。老巫婆又停下来开始狼吞虎咽，两个年轻人又赢得了一点时间。此时，太阳比刚才下坠得更低，他们发现自己距离地面也更近了，事实上，也就比树梢高出那么一点点。他们再向下看去，啊！高高跳起的老巫婆几乎就要碰到他们了！

前面就是勇敢之心掉下去的那条湖。满天霞光倒映在水上，湖面殷红如血。可随着天越来越黑，魔石的威力越来越微弱，粉末也只剩下最后一点。而老巫婆却又如此迫近，他们甚至能够听到她的呼吸声，感觉到她那可怕的利爪已经抓到了自己的衣服！

飞到湖边后，他们又撒下了最后一把粉末，沾上魔粉的草叶变成了蚂蚁，石头变成了大海龟，可他们的飞行高度也再次下降，双脚几乎挨着湖面，魔石的力量就要消失了。

看到那些大海龟，老巫婆又忍不住停下来狼吞虎咽地吃了一顿，将海龟连头带壳一起吞了下去，两个年轻人趁机飞到了湖对岸。此时太阳已经没入地平线以下，魔石的力量也终于消耗殆尽。看到老巫婆纵身跳到湖里，温柔的姑娘又陷入了极度的恐惧，她紧紧抱住勇敢之心，因为她知道，女巫在水里能够像在陆地上一样跑得快。事实上，这个愤怒又心急的老巫婆的确很凶猛，她一下子将湖面冲开，在身体两边激起高高的浪花。毫无疑问，她的爪子很快就会伸进这对年轻人的身体。

可当老巫婆跑到湖心时，刚才吞下去的海龟开始发挥作用，它的重量开始带着她往下沉去。她拼命地挣扎，愤怒地大吼，气急败坏地拍打着双手，跺着双脚，可却毫无用处。相反，由于她用力过大，水开始变热沸腾，大片的蒸汽往外冒着。老巫婆的体力严重受损，海龟在她体内变成了沉甸甸的石头，让她不断地下坠、下坠，最终消失在水面上，从此再也没有出现。

勇敢之心带着姑娘一起回到了家乡，人们欢呼雀跃、欣喜万分。后来，这两个曾经共患难的年轻人结为夫妻，妻子也成了当地最优雅最美丽的女人，深受人们的敬重和爱戴。

神奇的镜子

一

这个故事里的主人公是个名叫苏索的女孩，她是一个富人的女儿。富人心肠很好，从来不会让乞丐白白走过家门口，方圆几里以内也不会有人挨饿和受穷。他很爱苏索，苏索也很爱他。她是父亲最贴心的人，为了让女儿快乐，父亲会去做一切，而苏索最在乎的事也是让父亲快乐。

姐姐出嫁之后，苏索就和父亲商量，要建造一座只属于苏索的大花园，里面有小山，就像层层的梯田，处处都要鲜花盛开。后来，花园终于竣工，飞禽走兽都来这里安家，绿荫中百鸟争鸣。苏索和伙伴们在这里尽情玩耍，青春的芳心融化在无限的美景之中。她们在大花园里寻找各种新奇的地方，这给她们带来了无尽的快乐。看，在阴凉的角落里，小瀑布正奏出银色的乐曲，和树叶的低语声亲密交融；池塘里的水晶莹剔透，小溪正汩汩流淌，鲜绿的苔藓就像是软绵绵的地毯。

很久以来，这里只有欢乐，直到父亲再婚，原来苏索很小的时候母亲就去世了。在一个寂静的月夜，她和父亲一起在花园里散步，老人对苏索说，自己正被一种致命的疾病缠身，恐怕将不久于人世，可能是某个敌人将咒语加在了他的身上，让他日渐消瘦下去。智者和医生都来看过了，他们个个神情严肃，经过反复研究之后，最终得出一致的结论：一定是哪里出了问题。可问题到底出在哪里，他们也说不清。大家认为，如果能找出并根除麻烦的根源，他的身体一定会好起来的。听了父亲的话，苏索感到很难过，心头笼罩上一层悲伤的乌云。于是她经常一个人去安静的地方徘徊，把烦恼讲给那些花草树木听。

苏索的继母一点也不善良，她不仅很讨厌苏索，而且还特别阴险吝啬。丈夫在场时，她会藏起对苏索的憎恶，装作很宠爱苏索的样子，抚摩着她的头发，还违心地说着好听的话。这个口是心非的女人装得像极了，苏索的父亲一直都没看出什么异样，反倒以为她也和自己一样疼爱女儿。那天晚上，当他和女儿说起自己的病痛时，看到女儿伤心地哭了，于是便安慰女儿说：

“苏索，我的孩子，我死之后，你的妈妈会照顾你的，她是那么爱你。”

听到这话，苏索强忍住哭泣，然后擦去泪水，好让她深爱的父亲别因为自己而难过。看到女儿慢慢平静下来，父亲还以为是自己的话起了作用，以为一切都会平安无事。

可继母和苏索之间的真实情况却不是这样的。之后不久的一天，苏索和父亲还有继母三人正站在喷泉边，欣赏微风下的大树摇曳出的点点绿影。突然，老人感到心脏一阵剧烈的疼痛，他感到非常虚弱，只好坐了下来。疼痛过后，他稍微好了一点，苏索便把父亲扶到屋里，让他舒服地坐在扶手椅里，将一件羽绒长袍盖在他身上。之后，父亲坚持让苏索回去陪她的母亲。苏索其实很想留下来，但最后还是顺从了父亲。由于很不情愿，心里又担心父亲，所以她的脚步走得很慢，也没有像往常那样有说有笑。当她走近继母时，却发现那个邪恶的女人正和老树洞里的一只大角猫头鹰说话，心里顿时感到有些害怕。苏索不知该怎么开口，只好站在那里，心脏一直在狂跳。看到苏索，那个女人冲猫头鹰打了个手势，那只大鸟立刻闭上嘴巴，把头偏在一边。而她则抓起苏索的手，走到丈夫能看得到她们的地方，却不让他听到她们说话。看到妻子和女儿站在一起，老人非常高兴，以为女儿终于有了最亲密的朋友。而当看到妻子一只手挽着苏索的手臂，另一只手温柔地揽着她的腰时，他就更开心了。但他却听不见她们在说些什么。事实上，他一旦听到这些话，一定会感到像是一把刀子直扎心窝。

那个女人压低嗓音，声音简直就像是一支毒箭，而且还故意让那个猫头鹰听到：

“苏索，你也用手臂揽住我的腰，就这样，让你爸爸看到我们很亲密，他会以为我很爱你。”然后她把嘴巴凑近苏索的耳朵，压低声音嘶嘶地说：“可我讨厌你，讨厌你，讨厌你。”

这时猫头鹰也抬起头，嘴里呼着气，小声地重复着：“讨厌你——唬——唬！”

周围的树林里立刻传来回声：“讨厌你——唬——唬！”苏索

感觉整个世界都像是在无缘无故地讨厌她，鹦鹉也用刺耳的叫声重复着，而那些她平日里深爱的歌声甜美的小鸟，这会儿也不知躲到哪里去了。

很快，继母又发话了，猫头鹰则跳到低处的一根树枝上，也想听得更清楚。“苏索，”女人说，“你爸爸活不了多久了，他身上有一道魔咒，所以必死无疑。我很高兴，因为他一死，这里所有的一切都将是我的。”

听到这些恶毒的话，苏索感到又厌恶又恐惧，眼前一黑，差一点晕倒，她多想立刻跑到父亲跟前，把这些话都告诉给他。可这个坏女人却紧紧抓着她的手腕，拧得她很疼，另一只手却用力掐着她的胳膊，然后俯下身，让远处的老人以为她是要吻苏索的样子。

“但你绝不能透露出去一个字，否则，你一旦说我的坏话，你的爸爸就会立刻一命呜呼。”

还有别的选择吗？

离开继母，苏索悄悄走到一个安静的地方，把她的不幸讲给了一向轻柔细语的树叶和晚风。眼前是一片花团锦簇，还有金色的阳光、闪亮的溪流和繁茂的并蒂花丛。可尽管如此，她的内心还是止不住悲伤，眼泪在默默地流着。在她看来，父亲为她修建的这座花园，不过是一座即将倒塌的斜塔。

可这些伤心事却被大树知道了，它们虽然脚下有根，无法动弹，但却能弯下腰，借助清风和彼此耳语的树叶，将苏索的哀伤传递出去。就这样，苏索的故事传到了很远的地方，而苏索对此还一无所知。

二

一切都在悄悄地进行。遥远的大山里有一个青年，名叫华西亚。他长着明亮的眼睛、棕色的头发、洁净的皮肤和强壮的臂膀，认识他的人都说他是个诚实的年轻人。

华西亚是个牧人，拥有一大群山羊和羊驼。一天，他来到一个浅草滩放牧，偶然看见一只苍鹰正在高空中盘旋，嘴里还叼着什么东西，那东西在阳光的照耀下反射着银色的光。后来，这只大鸟落了下来，那个亮晶晶的东西也一闪即逝，就像是一颗坠落的流星。苍鹰在一丛灌木后停了一下，接着又腾空飞起，这一次嘴里已经没有了那个闪闪发光的东西。于是，华西亚急忙跑过去，在灌木丛后的小溪边看到一个闪着银光的圆东西，于是便把它捡了起来，放在手心里仔细察看。看后华西亚不禁大吃一惊，原来那是一面光洁平滑的小圆镜子，能够清晰地映照出他的脸庞。华西亚用树叶将镜子包起来，当晚就带回了住处。他一直和另一个牧羊人住在一起，那个伙伴见多识广、心地善良，知道许多稀奇古怪的事，他对华西亚说，这可不是一面普通的镜子，而是一个具有魔力的神镜，它原本属于一个名叫帕洛卡卡的人，不过这个人已经消失很久了。他还说，任何人照这面镜子时都只能看到自己的外表，而只有镜子的拥有者，才能透过它看到别的东西。“有了这件宝物，”他又说，“你就能看穿别人的假面具，看到他那被隐藏起来的灵魂。当一个人面兽心的家伙照这面镜子时，他的丑恶嘴脸就会一览无遗，被你看得清清楚楚。”

听到这些，华西亚不禁吃惊于这面镜子的神力。他举起镜子，看到里面映照出了这位朋友的脸，可那张脸并没有饱经风霜、长满胡须，皮肤像树皮一样粗糙，而是一张温和慈祥的老人的脸，华西亚非常高兴。

于是，华西亚把这面镜子放进了随身携带的挎包里。第二天，当他背靠一棵大树吹长笛时，好像听到了一阵低低的耳语声。他放下笛子，侧耳仔细听着，那声音特别轻、特别柔，就像是树梢触碰着树梢，树叶和树叶低吟。很快，华西亚就听懂了这些相互传递的信息，得知原来在那个富人所在的部落，有一个胆怯又虚弱的女孩，她温柔的心里满是忧伤，而一种未知的邪恶却正在黑暗里酝酿。

华西亚一刻都没有耽搁，他把山羊和羊驼交给同伴，带上弓箭，往挎包里塞了点干粮，将魔镜揣在怀里，之后便朝着富人的部落走去。奇怪的是，那天早上，除了他的笛声，绿色的树林里本来到处一片寂静。可当他准备上路时，却爆发出百鸟争鸣，整个世界一片欢腾。他带着微笑出发了，这个衣衫褴褛的牧羊人，却拥有一颗欢快的心，和一副强壮的好身材。

华西亚到了部落之后，不知不觉便走进了花园。他看到一个美丽的女孩正独自坐在树下，鸽子在她脚边徘徊，闪闪发亮的蜂鸟在她头顶飞舞。当苏索看到这个年轻人时，心也欢快地跳动着，因为她看出他是一个善良的年轻人，尽管之前他们从没有见过。

“你是贫穷的乞丐吗？”她问道，“可这里并没有穷人啊。”

“我不是乞丐，”他答道，“就我个人而言，我已经很满足于自己所拥有的东西。可我听说了这里的传闻，知道你的心里很痛苦，不知是什么恶魔想要毁掉这个美好而欢乐的地方，所以我来看一看自己能做些什么。”

听了这话，苏索不再说什么，而是站起身，拉着华西亚的手，带他去见自己的父亲。这一天，老人的身体很虚弱，可看到女儿和新同伴在一起那么高兴，于是就让仆人在树下摆上一张桌子，桌上摆满了山羊奶、水果和木薯面包。三个人开心地吃了饭，尽管老人还是吃得很少。饭后，华西亚取出长笛，吹奏起美妙的音乐，那笛声让这个地方充满了祥和与安宁，久久积压在父女心头的悲哀就这样烟消云散。苏索也唱起了甜美的歌，那位父亲恍惚间甚至觉得，笼罩在自己身上的阴影不过是一场噩梦而已，可这种感觉很快就消失了。

三个人说了很多话，华西亚也终于知道老人的身体此时正日渐衰竭。不知怎么的，他突然想到可以借助那面镜子来发现那个恶魔的藏身之处。于是他便把自己的想法告诉给了老人，老人说道：

“如果通过这面镜子，真的能找到隐藏的妖魔，并使我恢复健康，那么作为对你的回报，我会把我所有的财产都给你。”

“可我只想要苏索，”华西亚说，“我喜欢她的温柔美丽，我想娶她为妻。”

老人听后思索了很久，此刻，他的宝贝女儿正趴在他的膝头。他抚摩着她的秀发，万万没有料到这个年轻人会提出这样的要求。可当他看到女儿的目光时，发现她羞涩地垂下眼帘，而她看向华西亚的眼神又是那么温柔雀跃，而且自从这个年轻人来到这里后，不仅女儿恢复了愉快的心情，就连鸟儿也唱得更加卖力，树叶也越来越绿意盎然。

最后，老人若有所思地说：“如果你能找到问题的根源，并将它除掉，让我重新恢复健康，那么你就可以娶我的女儿为妻。不过，你得向我保证会永远留在这里。”

华西亚高兴地作出了承诺，随即俯下身吻了吻苏索的额头。然后便走进树林，在一个碧绿的大池塘旁边睡了过去。他刚一离开，苏索的继母就从屋子里走了出来，来到丈夫和女儿身边。

三

那天晚上，天上挂着一弯细细的新月，池塘里传来呱呱的蛙鸣，华西亚很快就睡熟了，可没多久又完全醒了过来。他坐起身，听见周围的空气中充满噪音，不仅有嘹亮的蛙鸣声、猫头鹰凄厉的尖叫声，还有蝙蝠在丛林间来回飞的扑扑声。他还看到一个奇怪的场景：不知从哪里跑来了一只巨大的白色双头蟾蜍，很快又有许多可怕的家伙从岩石下和树洞里钻了出来，像是接到指令一样，有扭动的大蛇、令人厌恶的百脚蜈蚣，还有巨大的灰蜘蛛，这些丑陋的东西围成一个圈，将那只双头蟾蜍围在正中央。华西亚瞪大眼睛看着，这些丑陋的家伙发出的聒噪声让他感到有些迟钝，头也昏昏的。他甚至觉得，在黑暗的森林深处，似乎还有一些奇形怪状的不明怪物正用恶毒的眼睛盯着他。

过了一会儿，猫头鹰的歌声突然变得悲痛起来，歌词也发生了变化。只听它唱道：

有谁知道我们的女王在哪里？唬！唬！

那群丑陋的东西于是一个跟着一个地应和道：

蟾蜍女王，我们的女王，

就藏在人们找不到的地方，
就在那块石头的下面，
那个人类曾经锻造石头的地方。

应和声一直在继续，真像一场疯狂而恐怖的音乐会，蝙蝠、猫头鹰和幽灵一样的大飞蛾飞来飞去，悄无声息地扇动着翅膀。华西亚实在无法忍受，只好站起身，捂着耳朵逃离了现场。他找到一个安静的地方重新坐下来，可耳畔还是回想着那些家伙的话：

蟾蜍女王，我们的女王，
就藏在人们找不到的地方。
就在那块石头的下面，
那个人类曾经锻造石头的地方。

他反复地想着，人类锻造的石头在哪里呢？以前倒是听说过高山上建过一座巨大的神庙，可那里距离这里似乎有些太远了。

天亮之后，华西亚回到了老人的房子。老人亲自出来迎接，后面跟着那位继母，正用一双墨黑的大眼睛斜看着他。随后苏索也出来了，华西亚的目光就再也无法从她身上移开。苏索在父亲身旁的椅子上坐下来，金色的阳光洒落在她的长发上，就像是阳光在轻吻着小溪的柔波。他们边吃饭边愉快地交谈，饭后喝茶时，华西亚用他的长笛奏出轻柔的音乐，之后苏索唱起了歌，尽管歌声中略带忧伤，但还是能让父亲感到很愉快，因为他终于又在花园里看到了这些美好的事物。直到无意间瞥见妻子，老人才猛然意识到，自己的好时光正在悄悄流逝，先前那些悲哀的愁云又重聚在他的心头。

不知怎的，大家的话题又转到了华西亚的镜子上，他给他们讲述了这面镜子的来历，然后从挎包里取出了镜子。他正端详镜子时，苏索走了过来，站到他的身后。华西亚一眼就看到了她真实的内心：那是鸽子一样的温柔和花朵一样的纯洁。老人也走了过来，在华西亚的身后看着镜中的自己，而华西亚看到的则是一张写满勇敢和善良的苍老脸庞。见此情景，苏索的继母伸过手夺走镜子，欣赏着镜中自己那张黝黑而美丽的脸。这时，华西亚轻轻走到她身边，看了看镜里的样子。可作为镜子的主人，他看到的并不是女人漆黑的眼睛和乌黑的头发，而且那根本不是一张女人的脸，而是一只大蟾蜍！为了更全面地自我欣赏，那个女人又把闪光的银镜子拿得更远一些，那张蟾蜍脸也跟着发生了变化，华西亚这回看到的是一只双头蟾蜍。可她本人对此却一无所知，只有华西亚识破了她邪恶的真面目。原来，她根本不是一个真正的女人，而是一个蟾蜍精！她又仔细地盯着镜子看，一脸若有所思的样子，可这时华西亚又看到了新的图像，有两条扭动的白蛇正绕在她的脖子上！这情景实在太恐怖了，他差点叫出了声，只好用手捂住嘴巴；而那个女人直到看得心满意足才起身离开了桌旁。

老人还是感觉很累，因为夜里总是睡不好，他的精神也得不到恢复。于是他站起身，让华西亚过来搀扶他一下。苏索则在另一边扶着他，三个人慢慢走向一丛鲜花和绿草掩映下的椅子旁，老人在那里坐了下来。苏索把羽绒被盖在父亲身上，老人让华西亚继续吹奏长笛，年轻人爽快地答应了。但不知为什么，回想起那个双头蟾蜍和两条白蛇，他突然感到很紧张，吹出的乐曲也不再悠扬，而是又粗野又狂乱，隐约还能听见蛇的嘶嘶声，还有青蛙的呱呱声和鹦鹉的尖叫声，苏索连忙捂起耳朵，老人也急忙命令华西亚停止吹奏。

“我剩下的日子不多了，你也想和他们一样折磨我吗？”他悲伤地说道，“很多个夜里，我总是能梦见一只双头蟾蜍和悬在我头上的大蛇，你刚才吹的那些声音就像是那些邪恶的东西发出的噪音，我本来希望你的到来能让情况好一些。要知道，我一直当你是我的儿子。”

华西亚忠诚地向老人保证，自己真的只是在吹笛子，心里并没有任何邪念。最后他说：“我敢肯定这个地方有恶魔，因为虽然太阳很温暖，但我却能感到一丝寒意，就像有某种又黏又湿的东西把我包裹了起来。”

说着，这个血气方刚的年轻人打了一个冷战。这个冷战并不是因为害怕，也不是无所事事的空想。突然，华西亚的目光落在了旁边的一个大磨盘上。这块磨盘石很大，就算两个男人也很难搬动它，一定是被放在那里很多年了，四周长出了一丛一丛的野草。华西亚一看到它，脑子里立即回响起那天夜里听到的歌声：

蟾蜍女王，我们的女王，
就藏在人们找不到的地方。
就在那块石头的下面，
那个人们曾经锻造石头的地方。

那天晚上他还没有想通这些话是什么意思，可此时此刻他的脑子却灵光一闪：这个磨盘不正是人类锻造的石头吗？想到这里，他取出一支利箭搭在弓上，然后递给苏索，告诉她在他搬起石头的那一瞬，无论看见什么都要立即放箭。之后他鼓足劲儿，猛地将大石头搬了起来，虽然很重，可他还是将它高高举过头顶。果然，磨盘下面有一个大洞，洞里正坐着一只硕大的白色双头蟾蜍。

“放箭！苏索！放箭！”父亲喊道，“别让那个怪物跑了，就是它在夜里折磨我！”

苏索使劲拉弓，将箭射了出去，正穿透蟾蜍的身体。与此同时，屋檐上掉下来两条白蛇，华西亚快如闪电，抓住弓又朝它们连放两箭，两条蛇都被拦腰戳穿。就这样，不到三分钟，三个邪恶的东西就都被除掉了。欢乐又重新回到这片土地，就像太阳冲破阴霾重现光明。老人的虚弱感如同一件披风，立刻从身上脱落了下来，蟾蜍和白蛇的尸体也很快干枯，随即化为灰烬，伴着一阵风消失得无影无踪。就连灌木丛里也萌动着欢乐，整个世界都爆发出一阵阵欢歌。魔法被消除了，邪恶永远地消失了。原来，降临在这片土地上的所有不幸都源于那个可恶的女人。

后来，华西亚和苏索结为了夫妻，他们的父亲也恢复了健康，三个人就这样其乐融融地生活在一起，成了世界上最幸福的人。

懒人的故事

哥伦比亚似乎一直就有许多猴子，即便不是一直有，至少在人们的记忆中也是很早就有了。一个名叫奥维耶多的老历史学家就曾注意到这一点，他曾经写道：“在基督徒穿过森林前往内陆的长途跋涉中，手里总要带上一个小圆盾来自卫，因为森林里的猴子会朝他们扔坚果和树枝……我认识一个名叫弗朗西斯科的仆人，他曾向猴群扔过石块，没想到猴子们接过石块后用力地还击他，结果砸掉了他的四五颗门牙。这的确是真事，因为我常常见到那个传说中的弗朗西斯科，他的确是缺了好几颗门牙。”

一天，一个朋友向我讲起了有关那些猴子的故事。他一边抽着烟，一边滔滔不绝地讲着，一直讲到星星眨着眼睛出现在夜空。空气中弥漫着浓郁的花香，猫头鹰和蝙蝠依然在空中古怪地飞着。可这位朋友讲完大半个故事后，才发现自己忘记了结局，然后只好绕来绕去，把一个原本简单的小故事绕得又长又啰唆。除了讲话，他无事可做，因此一看到有人在听，他就兴奋不已、眉飞色舞。睡觉时间到了，他还是在讲，不断地从故事里挑出一些片段东拉西扯，反反复复，简直把我弄得糊里糊涂。不过，在细细梳理一番之后，还是可以发现他的故事大意原来是这样的：

很久很久以前，这里原本是没有猴子的。树上挂满果子，葡萄藤上珠玉串串。慢慢的，当地人开始变得懒惰，直到后来除了吃饭睡觉以外什么都不做。房前屋后堆满了水果皮，也没有人去清理，就连住的茅草屋他们也懒得收拾一下。

一开始，人们还觉得很惬意，但很快就不那么顺心了。因为水果腐烂的气味引来了成千上万只带翅膀的小飞虫，它们趴在堆积如山的水果皮上又叮又咬，快活极了。由于发现这么多唾手可得的美食，就连蚊子苍蝇也开始变得懒惰起来。它们得意地发出让人气恼的嗡嗡声，无休止地到处叮咬，于是人们恨死了这些虫子。他们想把这些坏东西赶走，可谁都不知道该怎样做。大家起初认为最简单的做法就是搬到别处去住，因为在那一带，盖房子是件很轻松的事，不到一天的时间就能盖起一座像样的房子。可当他们搬进湖边的新房子之后，却发现湖里能饮用的水已经渐渐不能满足大家的需要，于是他们又搬了回来。至于蚊虫叮咬的问题，则很快变成了不只是蚊子和苍蝇，而是又来了一群长着粉红色头脚、身上有着黑黄条纹的大黄蜂。这些黄蜂虽然样子很好看，可却让情况变得更加糟糕。于是人们知道，这已经不是一件能够简单对付的事了，大家商量并讨论了很久，最后一致认为必须得做点什么，而且还要尽快。

一天，部落里来了一个奇怪的老者。他面容苍老、神色疲惫，大概是长途跋涉而来，身上的衣服被荆棘挂得破烂不堪，一头蓬乱的黄发，眼角的皱纹也怪怪的，让人感觉他好像一直在微笑。他来到这里时，人们早已吃过午饭正在休息。他便在村里东走西逛，这里看看，那里看看，还绕着池塘转了一圈，可并没有人太在意他。直到他飞快地用荆条编了一个箩筐，然后开始捡地上的果皮果核，人们才对他产生了强烈的好奇心。不时会有人从吊床里探出头来，想和老者聊上几句，可就连聊天他们也觉得麻烦。每当有巨大的蓝翅蝴蝶翩翩起舞，金喉蜂鸟在阳光下一闪而过，他们的目光就会被吸引过去，把老者忘得一干二净。太阳落山了，森林披上了一层黑色的天鹅绒，人们都回家睡觉，可那位老者却依然在忙碌。第二天清晨，人们起床后，发现他还在勤勤恳恳地捡果皮。可即便如此，被清理的也只是一小片地方而已。

竟然会有人如此不分昼夜地干活，这让部落首领又吃惊又兴奋，同时还有点好奇，这个陌生人既不是本地人，也不住在那个湖边，为何要自找麻烦？要想把这里完全清理干净，自己和大家肯定也得一起干活，一想到这个，首领就很泄气。于是，这位名叫泰拉的首领叫来了仆人库寇，让他把老者带过来，库寇恭敬地说他一定会尽心去办。然后，库寇就让雅那去把老者带过来，雅那又去吩咐他的仆人玛塔，玛塔又去吩咐他的仆人派拉，派拉又去吩咐他的仆人拉卡斯，最后拉卡斯又让一个小男孩去办这件事。等男孩把老者叫来时，先是由男孩带着去见拉卡斯，再由拉卡斯带着去见派拉，派拉带着去见玛塔，玛塔带着去见雅那，雅那带着去见库寇，最后老人终于来到了首领泰拉的面前。其他那几个人也都聚在了这里，想看看接下来到底会发生什么事。

“你叫什么名字？从哪里来的？想干什么？”泰拉一口气问了三个问题，他觉得这样问会省去很多麻烦。接着他微微皱了皱眉，扫视了一下身边的人，像是在说：“看我多聪明啊。”大家听到这三个问题后又发现首领朝自己这边看，于是便纷纷点头称是，像是真的领会了首领的智慧。可那个身材矮小的老者却没什么反应，只是漫不经心地站在那里，面无表情。

“我想做点事而已，”老者说，“那么你告诉我一下，你有想做的事吗？我想看看你是不是会付诸行动。”

可以确定的是，老者的语言对于这些听众来说完全是陌生的，但他们似乎明白了他的意思，而且很吃惊，甚至不敢相信自己的耳朵。那位首领虽然也很惊讶，但还是迅速镇定了下来，继续问道：

“你是做什么生意的？”

“我不做生意，”老者说，“但我有事做。”

“什么事？”

“任何事。”

“你的意思是大事？比如像盖房子？”首领问。

“是的，也包括小事。只要你开始思考，小事其实也是大事。”老者答道。但在首领看来，这样的话即使不能说是愚蠢，至少也是非常荒唐的。

“小事不去做，很快就会变成大事。”老者抬手指了指堆在旁边的果皮和果核。

“好吧，好吧。不过你要知道，你没有资格教训我们，”泰拉有些不耐烦，“快告诉我你究竟是干什么的。”

于是老者又开始说起什么是小事、什么是重要的事、什么是无关紧要的事。然后，他彬彬有礼地问在场所有人，是否有事情需要他去做。至于报酬，老者说他什么都不想要，所以分文不取，因为他做事本身就已经是回报。

在场的人开始争抢。派拉说：“我是渔民，如果你帮我捕鱼，我会把十分之一的鱼给你。”拉卡斯把他推到一边，抢着说：“我会给你更好的待遇。我是采果子的，我会给你五分之一的水果作为回报。”就这样，周围的人一个比一个报价高。后来终于轮到那个负责捡果壳和果皮的人，他对老者说：“如果你肯为我工作，我给你的不是十分之一、五分之一，甚至也不是二分之一，而是全部。”可老者平静而坚持地说，他不会收取任何报酬。

老者再也没有多说什么，而是转身去干活，甚至没有向那位首领行礼。首领扬扬手说：“快去吧，你的时间不太多，就不用向我行礼了。”在场的其他人也都连声说：“是啊，不用向我们行礼了。”

老者其实根本没太在意这些人，而是一边走一边哼着小调。他看起来心情愉快、无忧无虑，来到先前被自己清理干净的地方，拿出几根光滑的木头，开始雕刻木头小人，每个木头小人身上还有一个把手，看上去就像是一条长长的尾巴。他就这样不停地削啊、削啊，直到按照部落里每个人的样子，分别制作了至少二十个木头小人。做完之后，他站起身，伸了伸胳膊，挺了挺腰。人们好奇地问老者做这些小人干什么，老者只是耸耸肩，没有回答。然后，他又一个个地拿起这些小人，把它们排成一排，竖在沙地上，然后他站在这些小人前面，像是一个在检阅军队的将军。这景象壮观极了！因为这些小人长得一模一样，个头就像大头针，甚至就连老者自己也开始欣赏起这支队伍。过了一会儿，老者打了一个奇怪的手势，嘴里念动咒语，然后又挥了挥手。奇怪，那些小人竟然活了！他们开始摇头晃脑，惹得围观的人们大笑着拍手称奇。不过，老者却嘱咐他们只能观看，不能发出任何声音。

“既然你们不喜欢劳动，”老者说，“那我就按照你们每人的样子分别制作了二十个木头小人，这样他们就会免费为你们服务，做你们想要他们做的任何事。但要记住，每个小人只能做一项特定的工作。好吧，现在每个人都拍三次手，然后大声说出你想要他们做什么。”

话音刚落，那些小人就四处跑动了起来。每二十个小人围成一个圆圈，把自己的主人围在中央，然后一个个弯腰向主人行礼，再站直，屁股上的木尾巴一上一下地晃着，像是打气筒的把手。

“好吧，”老者说，“现在有人替你们干活了。只要我一下令，这些木头小人就会站到你们前面，随时准备完成自己的任务。”然后他便开始发出指令：

“出列！去抓穿山甲！”接着一百多个活木头小人就像士兵一样跑出来集合。

之后，他又按照顺序为其他小人安排了任务：

你们，制作面包；

你们，收集木薯；

黛丝波娃，打扫灰尘；

伊丝奎拉，修剪羊毛；

法森特，负责逗疲劳的人开心；

古奥达，维持秩序；

奥纳罗，烘烤面包；

尹达斯提，做零工；

朱门图，搬运货物；

拉布拉，干重活、清理垃圾；

莫里，碾玉米；

娜拉，讲故事、传闲话；

奥利罗，制作锅碗；

珀西嘎，照顾猪；

奎斯罗，用山羊奶制作奶酪；

鲁姆波索，巡逻监工；

塞维，运食物；

图罗塔，跑腿送信；

瓦奎罗，照顾奶牛。

部落里的人高兴极了，每个人都有二十个木头小人为自己服务。整整一天，小人们都在不停地擦着、扫着、搬着，忙着梳理家畜的毛，干起活来一路小跑。这些小人干活时非常安静，而且从不停歇、不知疲倦，也不打扰彼此。而那些真正的活人，却只需要休息和观看木头小人工作，还有就是动脑思考一些更高级的问题。要知道，在老者没有送来如此奇妙的礼物之前，部落里的人们整天都在抱怨要做的事太多，没有时间写诗和作曲，每天的琐事将他们本来灵光的脑袋都毁掉了。

没过两天，部落里的孩子就开始抱怨，他们说自己要做的事情太多了，比如要寻找丢失的东西，要照看弟弟妹妹，要把东西摆放整齐，要费神去记大人的要求，还要打扫卫生，所以根本没有时间玩要，更不用说学习。于是，孩子们一起去求见老者，请求也给他们每个人制作二十个木头小人。虽然老者有些不情愿，但还是说，如果真的需要，他会立即帮助他们。孩子们执意说他们任务太重，所以老者只得连夜赶做了许多长短不齐的木头小人。第二天，每个孩子就都有了听自己使唤的小人：

阿巴尼，做扇子，孩子们就不用再去摘棕榈叶子；

巴利，送信、传消息；

卡布雷，照顾山羊；

戴萨拉姆，找丢失的东西；

恩瑟纳，当老师，但不许骂学生；

弗劳雷斯塔，摘花；

古阿逊，负责娱乐；

胡加达雷斯塔，做蛋糕；

朱耶，组织比赛；

你们，保管东西；

莱科特，读书、讲故事；

米莫，扮演小丑；

尼奈拉，照顾小孩；

奥拜迪恩西亚，让别人听话；

波斯特，为孩子买东西；

奎伊塔，孩子们累时帮忙拿东西；

莱克达西恩，负责记东西；

索尔夫耶多丽丝，唱歌；

陶塔达，做馅饼；

沃兰蒂斯，当仆人。

一切似乎都进展得很顺利。不到一个月，原先杂乱无章的景象变得井然有序，没有出现过脏东西、坏东西、放错的东西、没做完的东西，也没有丢失过东西，无论是大人还是孩子，都不用担心这些。每天，午餐都会被早早摆上桌，水果也会被摘好端上来，床铺干干净净，房间井井有条，一切都是那么干净整洁。大人只需袖手旁观，看着自己的家被收拾得有条不紊，但却没有一个人为此感到骄傲，因为每一户人家都是如此；而孩子们除了吃饭睡觉以外，更是无事可做。渐渐的，人们对木头小人的需求变得更大，因为总会有人想要更大的房子、更漂亮的花园和更华丽的衣服。

由于木头小人的数量越来越多，并且每个小人只能做一项工作，老者于是不得不再为木头小人制作出更多的小人来当仆人。因为小人也要吃喝，所以还需要更多的小人来采摘水果、运水、打扫和做吃的。于是很快就出现了这样的情况：每个人由以前的二十个木头小人增加到了六七十个小人，而且老者的刻刀下还在源源不断地诞生出更多的小人，结果屋里屋外随处都能看见这些小人，密密麻麻，就像是夏天的苍蝇。他们在各家各户进进出出，于是开始有人要求制作一些专门负责开门的小人。很多房子里由于挤满了小人而显得特别凌乱，正在工作的小人跑来跑去，令那些管理他们的小人眼花缭乱；而那些正在休息的小人（他们很快学会了偷懒和睡觉）则有的躺在地板上，有的歪在墙角里，有的用尾巴将自己挂在屋杆上。所以，又由此诞生了一千多个小人充当警卫，来负责维持秩序。小人们无处不在，时时刻刻都在警告、监视和盘查，结果那些真正的人类走起路来也不得不小心翼翼，免得踩到或是惹恼他们。

最后，人们终于开始对这种无所事事的生活感到厌倦。他们聚在一起商量，认为适当的帮忙是一件好事，可如果帮忙过度，好事也会变成坏事。于是，大家不断地开会、讨论和商量对策。这样一来，负责收集信息和传闲话的小人们又开始忙了起来，他们将听来的只言片语散播了出去。

“显然，必须得做点什么了。”首领泰拉说。

“可不是一切都给你们准备好了吗？”老者说，“什么都备齐了，就只等你们享受。”

“我不是指这个，”泰拉有点想发脾气，“我是说，这些木头小人必须待在自己的位置上。”

“他们就是在自己的位置上啊，”老者说，“他们的位置就是无处不在，因为他们无事不做，所以他们一直都是在自己的位置上。”

“你看，白天又漫长又单调，”一个曾经希望能有时间写诗的人说，“所以一到晚上，我们一点也不觉得困。”

“我们不太想被当作宠物那样养着。”另一个人说。

“问题是，”一个胖男人叹了口气，“如果所有事都有人为你做，就没什么快乐可言了。”

“我们不想当透明人。”人群中有人喊道。

“在我看来，如果这些木头小人做了我们要做的事，那么他们去做、去关心的那些事，也就不是我们的事了。”另外一个人不无悲伤地说道。

“这么多‘事’啊。”胖男人说。

“好吧，的确太多事了，”一个人接着说，“看看我吧，以前是个园艺师，现在却什么都不是。我的花园被那些小人挖来挖去，他们栽花种草、修枝剪叶、浇水松土、采摘鲜花，还捡起苗圃里的树叶，再撒上花种……把所有的一切都做完了，我感觉那个花园已经不是我自己的了。”停顿了一下后，他又补充道：“我希望你们能明白我的意思，虽然我说得不是很清楚，可事实确实如此。我还记得……”

“可这不符合我们的协议。请你千万别试着记得什么，真的，千万不要，因为负责记东西的是那些小人。”老者打断了他。

“好吧，可我想——”男人刚一开口，老者又打断了他。

“请你千万不要去想，会有人替你去想的。”他把食指放在唇边思索了一会儿，接着说，“我知道都有什么事情可做。可显然，你们并不满意。虽然你们拥有了想要的一切，当然，你们也拥有了想要的一切时间。”

“让我们做点什么吧。”泰拉小声说。

“恐怕你们已经没什么事可做了，”老者说，“你看，每件事都做得很好，也不会遗漏任何事。而且，现在的确无事可做。”

会议就这样结束了，每个人回家后都躺在自己的吊床上，反复想着这件事，大家很快就达成一致：“我们必须有自己的空间！”听到这样的话，老者于是又制作出更多的木头小人，并组建成一支军队，部落里不论男女老少，每人配发十个。这支小人军队在部落里走来走去，整日发出木头机械一样的吱呀声大喊道：“自己的空间！自己的空间！”

部落里很快出现了骚乱。木头小人自己吵翻了天，那些呼喊“自己空间”的小人推搡着正急忙干活的小人。有的小人立即投入了工作，有的则冲过去干扰干活的小人，夺走他们手里的东西并扔掉，用缠绕的绳子将他们绊得跌跌撞撞。每家房子里都传出了刺耳的吵闹声，部落里的人类和其他小人则有的往屋里冲，有的向外面跑。甩门声、砸锅声、牲口的叫声、“自己空间”的呼喊声，响成一片。很快，人们纷纷抱着头从屋里冲出来，因为有些吊在天花板上的小人开始向他们发起攻击，还有的则通过门窗向外扔食物和家具。小孩们也兴奋地飞跑起来，而他们的小人则跟着他们一起奔跑，有的叫嚷着，有的扮小丑，有的边跑边讲故事，还有的则背着重重的大包袱。部落里乱成一团，谁都不知道该做些什么，谁都不知道该去哪里，到处都有木头小人在站岗放哨、维持秩序，他们跑来跑去，试图疏通乱作一团的人群，结果却只是乱上加乱。天快黑了，每家的房子里都空荡荡的，吊床被闲置在那里，轻轻地晃着。男人、女人、小孩，甚至是白发苍苍的老者都逃到了湖对岸很远的地方。在那里，他们终于拥有了自己的空间，把原来的那些房子和家当全都留给了那群木头小人。

第二天，人们便开始自己动手摘果子，他们感觉好像从没有吃过这么甜美的果子；他们又开始自己从湖里打水，觉得这些水要比先前的水更加清凉好喝。夜幕降临，他们带着幸福的疲惫感入睡，虽然没有小人在身边摇动吊床、唱催眠曲，却反而睡得更加香甜。第三天，人们很早就起了床，发现太阳升起时那金色和粉色的阳光是那么迷人！风儿吹过草丛的声音是那么美妙！日子一天天过去，人们对这些美好动人的景色越发着迷和赞叹，为一度错失这些美景而感到悔恨。花丛中彩蝶翩飞，小山上不断变换着光影，肥沃的绿色大地仰望着蔚蓝的天空，金色的阳光倾洒在树叶上，溪水波光潋滟，老树焕发新绿。相比之下，有木头小人在的那段时光简直就是一场噩梦。人们的心情又变得轻松愉快起来，世界重新充满了歌声和欢笑，人们劳动起来浑身是劲，很快就又建好了新房子，添置了新家当。

可此时，他们之前居住的那个部落却显得异常奇怪。那些高喊“自己空间”的小人依然在推挤着示威游行，但更多想要继续履行职责的小人却遭到他们无情地阻止。因为服务对象已经离开，很多小人无事可做，于是就互相呼来喝去、吵吵嚷嚷、无事生非。做锅的小人和刷锅的小人发生争吵，刷锅的小人故意把锅砸碎，这就增加了运土小人和挖土小人的工作量。尽管他们的劳动毫无意义，甚至是徒劳，但他们却因此而饿得更快，吃得也就更多。这样一来，摘果子小人的任务就更重了，运水的小人也得加倍努力工作，面包小人不得不烤出更多的木薯面包，负责烧火的小人也十分忙碌，打柴的小人也得鼓足干劲。由于小人干得越多，吃得就越多，运送食物的小人也就必须更加拼命干活。而那些“自己空间”的小人也没闲着，他们十个一组，东奔西跑，又是下令、又是驱赶，经常冲到工作的地方把正在忙碌的小人轰到一边。于是到处都是成群结队、彼此冲突的小人，熙熙攘攘，却忙着没有任何意义的事，常常无端地争吵打架。

麻烦终于来了。“自己空间”的小人开始跑去破坏家禽和家畜的生活，他们在猫群、狗群、山羊群和母鸡群中粗暴地冲来撞去，而这些动物又非常不喜欢混乱和刺耳的噪音，于是又飞又跳地蹦到干活和游手好闲的小人身上。这样一来，制造器具的小人也干不了活了，锅碗瓢盆在地上滚来滚去，滚烫的沸水夹杂着还没有燃尽的煤块，一起泼在了其他小人身上。这时就连磨盘上的玉米粒也在跟着一起低吼：

日复一日，

你们折磨着我们，
磨啊，磨啊，磨。

嚯！嚯！
哐！哐！
磨啊，磨啊，磨。

不断折磨着我们——
磨啊，磨啊，磨。

让他们也尝尝我们的厉害，
磨啊，磨啊，磨！

于是这些磨盘自己一圈一圈地转了起来，很快一个“自己空间”的小人就和磨玉米的小人打起了架，然后都跌进了磨眼儿，顷刻间被碾得粉碎。器皿用具小人和动物们于是灵机一动，把每个房子里的小人都推进了磨盘。顿时，火花四溅，屋顶着了火，没被碾到的小人们开始上蹿下跳，场面一片混乱，所有小人都在拼命往外挤，结果堵住了门口。忽然，一道闪电划过长空，天上下起倾盆大雨，小人们才得以死里逃生，纷纷钻入森林，躲到树上。从那以后，他们就一直生活在树上，后来还长出了毛发，变成了猴子。然而，往事的记忆还常常浮现在他们的脑海，直到今天，他们内心仍然不喜欢人类。正是由于这个原因，所以当基督徒经过森林时，总是要格外小心，提防那些木头小人的后代复仇，朝他们头上扔坚果和树枝。

猫和梦中人

这个故事是我在火地岛淘金时听来的。当然，如果愿意，你完全可以跳过这段前言，直接进入故事的主题，也就是在这里停住，找到下面的三颗星（＊ ＊ ＊），从“许多年以前”开始读起。但如果你想知道这个故事的由来，那就接着往下读吧。讲这个故事的人名叫索托，他自称是玻利维亚人，因此这是一个玻利维亚民间故事。可他却从没在这个国家待过，虽然他父母都是玻利维亚人，可他却是在安第斯山脉以东、麦哲伦海峡大浅滩以北的巴塔哥尼亚岛出生并长大的。不管怎样，他的确是从目睹过那三块巨石并知道巨石由来的那个人那里听说的这个故事。当然，他不识字，最多只能看懂一些图形，不过我知道，他对这个故事深信不疑。事实上，我觉得他也好像很怀疑自己的能力，生怕自己讲不清楚，担心我不相信这个故事。也许正因为如此，他才把故事分成了两个部分来讲。从某种意义上说，好像只有这样才能让我更加感同身受。另外，我敢肯定的是，他也不相信我告诉给他的许多事，虽然出于礼貌，他表现得非常相信我。比如说他肯定没有见过不用马拉的四轮车、不用邮寄而用电线传送的邮件、看不见人却能发出声音的小盒子，等等，可这一切都是真的，并不是什么魔法。毕竟，在索托所在的那个国家，既没有铁路，也没有电报机和留声机。好吧，我们言归正传，如果你愿意，就来看看这个故事的第一部分吧！

* * *

第一部分

许多年以前，一只猫来到了这片土地。那时天下所有的生灵都是善良的，虎豹的尖牙利爪不会伤人，大蛇的牙齿没有毒液，灌木丛也不生荆棘倒刺。可这只猫却心肠歹毒，它对世界下了诅咒，教会万物如何捕猎、叮咬、厮杀和屠戮，教会万物如何潜伏在暗处伺机跳出、偷袭猎物；就连绵羊也不放过，它教会它们用头上的角去战斗，改变了它们的生活方式。尽管它的把戏在大多数情况下都能侥幸实现，可猫并没有彻底实现它对绵羊所做的坏事，正如现在看到的，绵羊先生只学会了一半——甚至不到一半，所以直到今天，就算是最幼小的孩子也不会害怕一大群绵羊。

猫在白天大部分的时间里都要睡觉，因此不能时时刻刻祸害人间。但即使是在睡梦中，猫也不忘记做坏事。这样一来，可怕的事情就发生了：它的梦竟然变成了活生生的现实，梦中的那个人幻化成了一个狐面人形的东西来到人间。这真是一个令人毛骨悚然的怪物，由于他是猫的梦中人，所以谁也杀不死他。说不定你也亲眼见过他呢！

有时，狐面人会以达官贵人的身份出现在人群中，衣着高贵、穿戴华丽，简直就像是扑克牌里的人。而有时，他又会以另外一些形象出现，比如说一个长途跋涉、衣衫褴褛的旅人，或者干脆是一个没有身体、嘴巴歪扭、表情可怕的头颅。有时，他还会用铁钩似的魔爪突然向路人发起攻击，被他紧追不舍的受害者根本无法逃脱，只会吓得两腿发软、动弹不得。谁都知道，抓老鼠是猫的本性，可猫做梦时也一样是本性难移。于是，无论梦中人以什么方式出现，他所到之处都一定会滋生出各种各样的灾祸。而大多数情况下，他之所以能够得逞，是因为他总能满足人们的愿望。可你要知道，那里的人们根本认不清自己到底希望得到什么，很多人常常会把一些微不足道的小事看得很重要，于是许多看似合情合理的愿望就变成了难以挽救的祸根。

曾经有一个樵夫，打柴累了坐在一棵树下休息，一边叹气，一边嘟囔着说自己整天辛苦地干活，永远也没个头儿，家里的妻子和孩子都在等着他吃饭。就在这时，狐面人突然出现了，而那只猫正在太阳底下呼呼大睡。于是，事情就这样发生了。

“你在抱怨什么？”狐面人问，其实他早就知道樵夫在想什么。

樵夫打量着狐面人，心想这一定是个显贵之人，于是便答道：“我整天都在打柴、打柴，可一天到晚也就只能砍几捆柴火。我为妻子和孩子奔波劳苦，他们反而还埋怨我没本事。”

“遇上我算你走运了，”狐面人说，“说吧，现在就许个心愿，你想要什么？无论什么愿望，我都会尽力帮你实现。”

听到这话，樵夫思索了一会儿。所有遇到狐面人的人，都会觉得这一切都合情合理。可尽管樵夫每天都有数不清的美好愿望，但当机会突然降临时，他却显得有些不知所措。正犹豫时，他的目光落在了斧头上，于是便脱口说："我想要一把斧头，无论砍什么，只要砍下去，都能得到两份东西。"

毫无疑问，对于猫和狐面人来说，樵夫的愿望简直是愚蠢可笑。狐面人于是念动一些莫名其妙的咒语，然后对樵夫说："现在就试试你的斧头吧！"

樵夫便选了一棵手臂一样粗的大树，从中间一斧头砍了下去。上帝！树果然没有被砍成两半，而是直接变成了两根一样粗的木头！樵夫目瞪口呆，刚想抬头说点什么，却发现狐面人已经消失得无影无踪。因为猫已经醒来，梦就终止了。

可是令樵夫高兴的是，转眼间，他砍的木头就多得数不清了。因为，他砍倒的那些树，无论大小，都直接一个变两个、两个变四个、四个变八个……一直在成倍增加！很快，地上堆满了砍倒的木柴，他于是快活地收工了。可糟糕的是，回家途中一条毒蛇突然蹿出来挡住他的去路，他一时忘记自己的斧头具有魔力，便径直朝毒蛇劈了过去，刹那间，一条毒蛇变成了两条，在他面前嘶嘶地吐着信子！他仓皇逃回了部落，把自己的遭遇告诉给了部落里的人，人们听后都很惊讶。当然，斧头自己是不会行凶作恶的，可人们都很害怕它，于是就把它挂在了一棵树上，好让大家知道那是个不祥之物，最好都不要碰它。

二

在此期间，一个阅历丰富、智慧过人的男子来到了此地。他听说这里有只猫心肠歹毒，总是教唆善良的人和温顺的动物为非作歹；可他却并不知道狐面人，还以为只有猫在胡作非为。一连好几天，智者都一直在山里寻找那只恶猫，终于在一个乌云低沉的雨天偶然撞上了它。猫最讨厌这种天气，它正忙着寻找舒适的地方睡觉。

“怎么这么急匆匆的啊？”智者问，“陪我坐一会儿吧，和我聊聊天。”

“不！不！”猫说道，“我最讨厌下雨天，我要快点找个地方避雨，好让身子干爽暖和一点。”事实上，猫此时看起来还真是挺惨的。

“好吧，你觉得一座石头房子怎么样？”智者问道。

“那当然好，”猫答道，“但一定得是一座大房子，而且不要有左邻右舍，我不喜欢有人打扰。房子里得有能坐和能睡觉的地方，我做梦时不喜欢有动静。要是能给我建这样一座房子，我就教你一点把戏，或者，帮你实现一个愿望，怎么样？你喜欢猫头鹰的爪子吗？还是想要像吸血蝙蝠那样喝血？还是想要喷毒液？还是喜欢豪猪的硬毛？”

“谢谢你，”智者说，“我什么都不要，不过明天我一定会为你盖好房子。”

“你打算把房子盖在哪儿？”猫问道，“最重要的是一定要安静，人类可不能到那里去。”

“当然，”智者说，“不过我还真的是没有想好，但一定会找到合适的地方。”

“那我怎么找到它？”猫问道。

“听好了，”智者说，“我有一根绳子，一根世上没有人能扯断的绳子。你看到绳子后，就一直跟着它走，直到看到石头房子。”

“好的，”猫说道，“不过记得房子一定要够大，而且还要安静，另外有敌人过来时，还能让我从前门跳出去，或者从后门溜出去。”

一切说定之后，猫和人便分道扬镳。

第二天，猫找到了那根绳子，于是便跟着它翻过一座又一座山，最后到达智者所在的一个山顶。智者的脚边放了三块平坦的巨石，两块竖在地上，第三块平放在那两块石头上面，看上去就像是一座小房子，大小高矮也都很合猫的心意。猫围着房子小心翼翼地转了一圈，没发现什么不正常，于是就放心地走了进去，蜷起尾巴，眨着眼睛，一下、两下、三下，然后就睡了过去。猫一睡着，智者便用那根世间没人能扯断的魔绳，紧紧地勒住了猫的脖子。就这样，猫夫人被绑住了，而且一直被绑了几百年。如果没有一个名叫纳斯卡的人出现，恐怕它就永远地被绑在那里了。

讲到这里，故事虽然还没有结束，但猫的故事已告一段落。当然，如果你急于看完剩下的部分，那就再直接从下面找到三颗星（*　*　*），也不会有什么影响的。

虽说猫的故事到此告一段落，但实际上还没有结束，仅仅是第一部分已经完结。因为索托讲故事总是绕来绕去，还在中间插了许多与故事无关的内容，所以一个晚上下来，也只是讲到这里而已。不过，我已经把多余无聊的枝节删去了，你们应该感到欣慰。这么说吧，想让索托一下子讲完全部的故事简直比登天还难，毕竟我们现在住的这个房子也并不舒服，没有暖气，没有电灯，没有浴缸，也没有书架，只有一口没把的平底锅和一口铁锅。与其说这是人住的房子，倒不如说是一个又矮又敦实的大瓶子。其实也只怪我们盖房子时太粗心大意，房子是用草根泥糊起来的，我们本来是想盖一个正方形的房子，可因为没把四个角弄好，所以房子渐渐变成了圆形，而且墙砌得越高，整个房子就越往里倾斜，恰好火炉又在房子正中央，所以我们干脆把房顶敞开做成了烟囱，于是房子的形状就变成了现在这个样子。我们不得不蜷缩着身子睡觉，弯着腰站着——火炉里的烟很呛人，我们一般选择不站起身来。

已经过去了将近三个星期，索托还是没打算给我讲完剩下的故事。后来在一个寒冷的冬夜，他终于又开始了。可能是因为那天晚餐大部分是鱼，很合他的胃口。为什么我说“大部分是鱼”呢？因为我们的炖肉和一般炖肉有所不同。比如，星期一弄来了一块羊驼肉，我们就会把它放进铁锅里炖，晚餐后可能就会剩下一点肉，可我们不愿浪费，就把肉刮出来放着。第二天，我们可能又会抓到一只鹅或是其他什么，但不管是什么，都会一股脑儿放进铁锅和前一晚的肉一起炖，就这样，那天我们就能吃到带着羊驼肉味儿的鹅肉。接下来，我们可以再放点马肉干进去，这样，那天我们吃的炖马肉不仅有鹅肉味儿，还会夹杂着一点羊驼肉味儿。第四天，我们在吃味道香浓的炖鱼时，当然就是一种既有马肉香和鹅肉香，又有一点羊驼肉香的珍品。想想看，就这样从周一到周六，这个过程是多么令人惬意！尽管每到周六，我们都会把铁锅洗干净，准备下周再炖肉，但却保证谁都能吃到自己喜欢的美味。好吧，现在接着我刚才所说的，就在炖鱼的那一晚，索托开始给我讲述剩下的故事。

*　*　*

第二部分

前面说过，魔斧被挂在了树上，那只猫被绑在了山顶。时光飞逝，几百年转瞬而过，猫也渐渐地越长越大。随着猫身体一点点长大，石头房子也在变大——智者果然答应猫的请求，盖了一座足够大的房子。但问题是，猫虽然寸步难行，可却能自由做梦，而且它还梦到了许多地方。虽然猫一醒来，梦中人就会立即消失，但很多时候，狐面人的活动还是非常猖獗的。

想想吧，那只猫被绑起来是一件多么大快人心的事！否则它会到处为非作歹、制造祸患。它会让绵羊变得像发疯的野猪一样可怕，会让苍蝇像蚊子一样随处叮咬，会让马儿像发狂的公牛一样难以驯服，会让鱼儿像毒蛇一样喷射毒汁。当猫不做梦时，世界上的一切都会欣欣向荣：树木春华秋实，青草绿意盎然，大地风调雨顺，人们安居乐业。

然而好景不长，猫又开始做起了梦，狐面人也就继续到处惹是生非。一天，一个陌生人来到此地，找到了看守魔斧的人们。从外表看，他目光猥琐，眼睛斜视，头发干枯发红，衣衫褴褛，肮脏不堪。毫无疑问，这里的人们从未见过这么邋遢的人。他们觉得，森林里到处都有干净的湖水和溪流，一个人穿过森林时即使不免被灌木和荆棘刮伤，但也总不至于如此血迹斑斑。况且，森林里到处都结满了果子，就连植物的根块也都富有营养，他也不至于会让自己饿到这种程度。所以人们虽然对他不冷不热，但总是用怀疑的眼光看着他，希望他能离开这里，走得远远的。晚上，人们都在繁星点缀的夜空下幸福地睡去，只有那只猫忍受着被捆绑的痛苦，并对暗算它的人类恨之入骨。

不久，陌生人开始站在树下为自己的遭遇痛哭。他大声哀号，抱怨世人都在为难他，没有人可怜他。接着，他又做出一些奇怪的举动：有时像箭一样蹿得很远，缩成一个小点，然后又迅速蹿回来，重新变大；有时用手指着某个人，一圈一圈地转着胳膊，直到身体变成一个圆，越变越小，只剩一个手指始终指着那个人，最后再逼近那人的眼睛。人们觉得这个陌生人的行为太令人讨厌，而且他还一直在号啕大哭。于是人们围在一起小声议论，谁也不敢靠近他，但又感到很奇怪，因为他们从来没有听到过这样的哭声：

我走遍这个世界，
孤独，永远孤独地走。

烦恼、审判、忧愁，
孤独，我孤独地承受。

折磨、痛楚，
孤独，我孤独地承受。

我日日夜夜地游走，
孤独，永远孤独地走。

悲伤、凄惨、困境，

孤独，永远孤独。

然后，他还会发出一阵长长的狼嚎：

啊——啊——啊——孤独，嗷——嗷——嗷——！

他的哭声从不曾停止，愚蠢的举动也从不曾停歇。他有时怒不可遏地上蹿下跳，有时龇牙咧嘴地扮着鬼脸，有时张牙舞爪地挥舞拳头，有时嘟囔着没有意义和没头没脑的话。所以没过多久，人们便纷纷摇头，说他是个疯子。但谁都没有料到，他就是猫的梦中人。

就在这时，一个名叫纳斯卡的男孩提着一篓鱼，兴高采烈地哼着歌，正从常去钓鱼的小湖往家里赶。路上他看到一群人围在那里，于是便好奇地凑上来看热闹。没想到，被围在中央的陌生人一下子就盯上了他的鱼，迅速跳到鱼篓旁，吞下了所有鲜嫩肥美的鱼。毕竟他是猫的梦中人，爱吃鱼的本性暴露无遗。之后陌生人又开始发疯，身子忽大忽小，不停地转着圈，一边晃动手臂，一边用手指着纳斯卡。

“啊——啊——啊——孤独，嗷——嗷——嗷——！”他尖叫着。可男孩心里想，这样一个家伙的确只配一辈子孤独，只是出于礼貌，他并没有说出来。

“我无家可归，没有吃的，没有穿的，”陌生人继续说，“难道这里就没有一个人施舍我一件衣服穿吗？就没有一个好心人可怜可怜我吗？”

听到这话，善良的纳斯卡被打动了，他从没见过这么可怜的人，和他相依为命的奶奶也从没赶走过一个经过家门口却空着肚子的乞丐。纳斯卡非常善良，就连看到被动物们不小心弄折的花梗都会难过不已。可让纳斯卡惊讶和苦恼的是，这个陌生人不但不靠近他，反而对他很疏远。这恰恰就是梦中人惯用的骗人伎俩，故意让人摸不着头脑。看到身边的人谁都不愿帮助陌生人，男孩于是涨红着脸说："来吧，和我一起回家。我家的房子虽然小，但还能住。相信我，虽然这里的人好像不怎么喜欢你，但世上还有温暖，他们可能不太喜欢你不洗澡。这座山后有一棵树，树下就是我的家，旁边有一个水平如镜的池塘，你可以在那里好好洗个澡。"

于是，纳斯卡把陌生人带走了。这家伙不能像正常人那样稳稳地走路，只能一蹦一跳地跟在纳斯卡后面，有时甚至连脚都不着地。和他走在一起，纳斯卡总感觉有些不自在。因为和正常人相比，这个陌生人更像是一个影子，一个笼罩着他、令他感到忧伤并随时有可能扑向自己的影子。

纳斯卡把陌生人带回了家，奶奶正好也在家里。可令纳斯卡揪心的是，一听到陌生人莫名其妙的咕哝声，奶奶的身子就会发颤。而且陌生人吃过东西去树下休息之后，奶奶竟双手捂着脸痛哭起来。纳斯卡尽力安慰起奶奶，并问她为何会这么伤心。

"告诉我，孩子，"她握着纳斯卡的手问道，"他的双眼是不是斜的？就像是狐狸的眼睛。"奶奶年龄太大，自己根本看不清陌生人的样子。

"是的，"纳斯卡回答，接着又急忙替陌生人说好话，"可长相是天生的，而且他是那么可怜。"

奶奶有些生气："那你告诉我，他是不是长着猫一样的尖牙？"

"是啊！"纳斯卡惊讶地问，"您以前见过他吗？"

"不，纳斯卡，"奶奶说，"我从来没有见过他，但却非常害怕他。很久以前我就听说过关于这个恶人的故事，他干了许多坏事，而且没人能够杀死他。"她停顿了一下，接着说，"纳斯卡，你看到他的耳朵了吗？是不是尖得像狐狸耳朵？"

"是的。"纳斯卡答道。

奶奶又悲伤起来，纳斯卡只好说些好听的话安慰她，并说不会有人伤害到她，只要有他在，就一定会好好保护她。

"我知道，纳斯卡，"她说，"如果仅仅是伤害我，那就算了，毕竟我年龄大了，活不了多久，死了也不可惜。可我担心，那家伙来去无踪，到处为非作歹，不知还要伤害多少人。纳斯卡，答应我，如果他让你做伤天害理的事，你千万不要答应！"

纳斯卡欣然应允，并且说："可他也许不是您所说的那个坏家伙，只不过是一个不幸的疯子。虽然外表不怎么好看，可丑陋的外表下通常也会有一颗善良的心，再说人的容貌是很容易改变的。"

"没错，邪恶总会改变一个人的容貌，"奶奶说，"其实人们常说，一个人的容貌和性格是会被带到坟墓里去的，可像他这样的家伙也会进坟墓吗？"

二

纳斯卡只好把奶奶的话牢记在心。第二天，奇怪的事果然发生了。陌生人来到人群中，见人就问对方有什么愿望。可这里的人们生活幸福自在，几乎没有什么奢求，所以并没有人许愿，就这样，陌生人一无所获。可不凑巧的是，人群中有一个人突然站了出来，他本来就是一个贪睡、迟钝又呆滞的家伙，那天早上刚被鸟的啼叫声惊醒。更糟的是，当他从家里急匆匆地出来时，不小心又被荆棘刮伤，所以心情很不好。其实，要不是遇见陌生人，他完全可以忘掉这些小烦恼。可他听信了陌生人的话，便不假思索地说自己要许愿。

他边说边冲陌生人点着头，摆出一副事关重大的样子：“我倒是有一个愿望，你能帮我实现吗？”

陌生人诡异地咧着嘴笑了笑，露出发黄的尖牙：“说吧。”

“今天早上我被鸟吵得睡不着觉，后来又被荆棘刮伤了。所以，我希望以后再也别有这些东西来靠近和打扰我。”

“如你所愿！”陌生人说完，开始念动一些莫名其妙的咒语。

接着，奇怪的事情发生了，那个许愿的人吃惊地站在那里看着陌生人，发现自己身边所有有生命的物体全都突然消亡了。附近的绿草开始枯黄、干死，鲜花开始枯萎、凋谢，就连翩翩飞舞的蝴蝶也落到地上死去。人们见状，大惊失色地喊了起来，可四处却一片寂静，因为在魔法的范围内，什么声音都无法传播。而对于那个被施了魔法的人而言，耳边已经没有了任何声音，听不见鸟儿的婉转鸣叫，听不见昆虫的低低絮语。当然，从此以后再也没有什么可以打扰到他了。他只要一动，附近的东西就全都会死去。人们都很害怕他，远远地绕开他。于是他悲伤地一个人走到一棵树下，还没碰到树干，茂密的叶子就开始枯萎飘落，转眼间，一棵参天大树就剩下光秃秃的树干立在那里。他感到很绝望，转身逃进了森林，虽然一路畅通无阻，可所到之处全都是死亡的痕迹。

纳斯卡看到这一切，想起了奶奶的担心。于是他把奶奶的话告诉给人们，可他们中的一些人却认为，陌生人的确实现了许愿者的愿望，如果说哪里出现了差错，更多的也是许愿者自己找的，而不是陌生人的错。纳斯卡又将一切告诉给了奶奶，奶奶听后便陷入更深的悲伤中，整个人颓然倒在地上哭了起来。虽然纳斯卡极力安慰，可她还是不停地流着泪。

不久，奶奶开口道："纳斯卡，我们现在要做的就是让人们摆脱这个恐怖的家伙。正如我想的，他心肠恶毒，绝不是好人，总是给人类带来嫉恨、恐惧和痛苦。所以，一定要把他赶得远远的，不管用什么方法，不得已时，我们甚至还可以帮助他。不过要记住，你可以不考虑自己的得失，但无论你答应他什么要求，无论做什么事，都不能伤害任何生命，哪怕是最渺小的生命。"

纳斯卡向奶奶保证一定会做到。第二天凌晨，他爬到山顶去看日出——当地一些勇敢的年轻人经常会这样做。他在山顶上走了几圈，吃了些水果，又沉思了一会儿，然后下山去找陌生人。

"陌生人，"他说道，"你应该知道，这里很多人都很害怕你，都想让你离这里远远的。"

"嚯！嚯！你这话可真够大胆的！"被纳斯卡激怒的狐面人咆哮着。

"我说的是事实，" 尽管心脏怦怦地跳个不停，纳斯卡还是鼓起勇气说，"告诉我，要怎样你才肯离开这里？"

狐面人想了一下，然后说："在离这里很远的一个山上，有一只温顺的猫，正被一根没人能弄断的魔绳捆着。可一物降一物，这里的魔斧可以砍断那根魔绳。魔绳断了，之前那个许愿人身上的魔法也会被解除。而那只被绑着的猫是我的伙伴，它一点都不凶恶。所以跟我来，纳斯卡，带上那把魔斧，只要见到我的伙伴，咒语就会被解除。”

对于纳斯卡来说，一切似乎都很公平。于是他来到那棵悬挂着魔斧的大树下。由于很久没人来过，树上缠满了藤蔓。他费力地爬了上去，取下魔斧，紧紧地系在自己的腰带上，然后又爬了下来。接着狐面人拿出一张魔毯，铺在地上，这张魔毯是用猫头鹰的羽毛和鼬鼠茸毛编织成的，可由于太小，上面根本站不下两个人，而且纳斯卡也不愿意和狐面人站在同一张魔毯上。于是，他就用斧头朝魔毯砍下去，变出了两张魔毯。两个人各自踏了上去，转瞬就升到了高空。纳斯卡向下看去，发现地面上的树木就像小草一样小，宽广的河流变成了银丝带。他们飞速前进，就连急速飞行的秃鹰也赶不上他们。最后，他们来到一个山顶，这里峭壁高耸、寸草不生，到处都是光秃秃的石头。他们在这里降落后，稍稍休息了一下。

“看远处的那座山。”陌生人这时指了指远处说道。纳斯卡顺着方向放眼看去，天气晴朗，那座山的轮廓显得格外清晰。与其说是山，其实不过是三块叠放在一起的巨石，原来，那三块石头历经几百年之久，已经变成了巨岩。但在勇敢的纳斯卡看来，那不过是三块还不及人膝盖高的小石头而已。而巨石的下面，正端坐着那只猫。

“那就是我在寻找的伙伴，”狐面人说，“它正被一根魔绳绑着，只有魔斧才能砍断。我向你保证，如果它自由了，我将不会再出现在你的土地上。”

“很好，”纳斯卡说，“可这些山离我家太远了，你必须保证我能回去。”

“当然，”狐面人答道，“你不是还有一张飞毯吗？”

纳斯卡思索了一会儿，想不出放了这只猫会有什么不好，于是便问陌生人，绑住猫的绳结在哪里。陌生人朝地上指了指，纳斯卡看到绳子就在他的脚边，那是一根像头发丝一样细的长线，从这里走过时很难会发现。纳斯卡便用魔斧对着魔绳用力砍下去，接着就发出一声雷鸣般的轰响，魔绳像蛇一样迅速滑开了。陌生人并没有欺骗纳斯卡，刹那间，他发现自己已经回到了那棵悬挂魔斧的大树下。纳斯卡的速度太快了，因为他离开时，一个人正在水池边弯腰往葫芦里装水，当他回来时，这个人竟然还没有离开。至于狐面人，再也没有人见过他，因为猫被惊醒后，它的梦也随之消失。而在魔绳被切断的那一瞬间，先前那个人见人怕的许愿人也被解除了魔法，他又回到了人们中间，而那些因他枯死的一切生物也都在无形之中恢复了元气，重新开始生长。

然而，纳斯卡万万没有料到，他释放的这只猫如今已是世界上最恐怖的怪物，身形比公牛还要庞大，看上去令人毛骨悚然。高原上的夜晚一向很冷，于是一天夜里，纳斯卡正坐在火炉旁烤火，无意中扭头发现像有什么东西正往屋里挤。他还以为是奶奶，可其实就是那只大猫，再定睛一看，它那双鸡蛋一样大的眼珠正在黑暗里冒着绿光。这只猫实在太大了，只能蹲着挤进屋，进来后占满了整个屋子。盯着纳斯卡的猫眼露着邪恶的凶光，这样的情景吓坏了纳斯卡，猫的到来使屋子里的气氛变得恐怖阴沉。纳斯卡虽然十分害怕，但外表却故作镇定，反而为猫腾出点地方，让它离火炉近一些，好像什么事都没发生一样。于是，猫挨着纳斯卡坐在了火炉旁，眼睛一眨不眨地盯着火苗，时不时地转过硕大的头颅久久地盯着男孩。过了一会儿，纳斯卡站了起来，说想到外面去捡些柴火，其实心里却在琢磨着该如何安全地离开这里。而猫却伸出镰刀一样尖利的巨爪，按住纳斯卡，让他不得不坐回去，嘴里说，反正火都快熄了，不用去捡什么柴火。纳斯卡的脑子一直在飞速旋转，可猫却一直紧紧地盯着他，屋子里静得就像是午夜的池塘。

很快，纳斯卡又开始没话找话。

“如果你想留在这里休息，”他对猫说，“那我就先走了。”

“你现在还不能走。”猫的语气很温和，同时却伸出一只锋利的爪子。

又过了很久，火苗渐渐弱了下去，猫的大黑影子就映照在墙上。火苗不时地跳着，猫的影子也跟着显得奇形怪状。纳斯卡反复想着，猫则用它那闪着寒光的眼睛，紧紧地盯着他。

突然，纳斯卡大笑了起来（当然这笑声肯定不是因为开心）。

“你笑什么？”猫问道。

“如果你长得不这么大块头，我也不这么瘦小，跑起步来我肯定比你快十倍，”纳斯卡说道，声音里充满着坚定。接着，他又说，“所有生物都是这么想的。”

“简直胡说八道，”猫的心里开始妒忌起来，“我才是世界上跑得最快的，我一跳就能翻过高山，一步就能横跨江河。”

“你能做什么并不重要，”纳斯卡越来越勇敢，“实话告诉你，我从这里出发，赶去那座山上砍断魔绳时，曾有一个人正弯腰往葫芦里灌水，等我回来时，这个人还没直起身呢！你要是不信，我可以带他过来作证。”

纳斯卡说这些只是为了找个借口离开这里，可这话却深深刺激到了大猫，让它十分吃惊。

“你为什么要救我？”猫问道。

“因为我想和你赛跑。”纳斯卡说。

“比赛就得有赌注，如果你输了，就得做我的美餐，怎么样？”猫说道。

“没问题。既然这样，如果你输了，就得放了我，”纳斯卡接着说，“那就明天再开始，我先到树下好好睡一觉，好在明天早上呼吸一下新鲜空气。”

“不行，就今晚，我们在月光下赛跑。”猫不同意。

“好吧，”纳斯卡说，“那我们怎么跑？”

“翻过那些山，然后再跑回来，就这样往返七次。”猫说。它之所以选择山路，是因为它知道自己能跳起来越过高山和大峡谷，可纳斯卡只能徒步。而之所以会选择晚上，是因为黑暗中它的视力要比纳斯卡好得多。不过，对于纳斯卡来说，他只想摆脱这只恶猫，哪怕只是一会儿。于是他对猫说，他要去提一篮子鱼给它当晚餐。就这样，猫在吃食时，纳斯卡在屋外见到了奶奶。

听完事情的经过，机智的奶奶笑了笑：“猫很狡猾，可人也很聪明，一切看来都还不错。快，快去把魔斧拿来！”

“不行，”纳斯卡说，“那样的话就有两只恶猫了，连一只都这么难对付。”

“听话，纳斯卡，快去把魔斧拿来。”奶奶重复着。

于是男孩飞一样地取来了魔斧。

“现在，站好，纳斯卡，不要怕。”奶奶说着举起了斧子。男孩站稳身子，看到斧子向自己劈了过来，于是闭上了双眼。

奶奶急速地挥了下手，魔斧便向纳斯卡的头劈了下去，一眨眼，两个纳斯卡站在了面前。没错，魔斧发挥了作用！两个纳斯卡长得一模一样，就像两片完全相同的树叶，都有着白皙的皮肤和俊美的外貌。

“好吧，”奶奶说，“一个纳斯卡已经让我很高兴了，现在有了两个纳斯卡！所以，这个纳斯卡，你留在这里，另一个纳斯卡，你必须跟着我。噢！现在有了两个纳斯卡，世界是多么美好，生活是多么幸福！”

沉醉在快乐里的奶奶差点忘记告诉孩子们接下来该怎样做。于是她再次转身对留下来的纳斯卡说道：“你要在这里等着那只大猫，和它一起到大峡谷那边比赛。当它跳出去后，你就找一条隐蔽的小路把自己藏起来，直到它跑回来。放心，我们会在另一边控制一切。但你要记住，猫跑完一圈回来之后，你要走出来刺激一下它，嘲笑它跑得慢。之后，我们就可以等着看好戏了。”

说完奶奶就和另一个纳斯卡出发了，他们勇敢地朝着海浪般层层起伏的群山前进，经过长途跋涉，最后来到一座陡峭的山峰下。奶奶走到岩石背后藏了起来，纳斯卡此时已经知道该怎样做，于是便坐下来等待那只猫。

月亮刚刚升起来，大猫就来到纳斯卡所在的地方，耸起全身的毛，眼睛里闪烁着可怕的寒光。如此恐怖的情景吓得纳斯卡脸色苍白，可不管怎样，他说起话来还是十分勇敢的，因为勇敢的人从不会害怕，不会去害怕一件自己即将要去做的事。

“首先，”纳斯卡对猫说，“你可以跳过峡谷，像鸟儿一样从一边飞到另一边，而我只能不断地爬上爬下，对吗？所以为了公平起见，你最好和我一起爬山。”说这些话时纳斯卡已经知道猫根本不可能赢，但还是装作一副可怜兮兮的样子。

“哈！你现在在干什么？”猫冷笑着发出嘘声，“你已经觉得要输了吗？你已经怕了吗？你不是一个真正的跑步高手吗？不，不，年轻人。我们这场比赛赌的是一顿晚餐，你必须被我吃掉。”

纳斯卡没再说什么，一时间周围很安静。忽然，一只猫头鹰的叫声打破了寂静，它是想将真相告诉给猫，可完全沉浸在自己幻想当中的猫根本没把那只猫头鹰放在心上。它蹲伏在地上，做好箭一般跳出去的准备，纳斯卡开始怀疑它这一跳是要奔向峡谷，还是要扑向自己。突然，响起一声炸雷一样的怒吼，那只猫大喊一声“开始”，接着就纵身一跳，跨过峡谷，飞了出去，甚至连看都没看男孩一眼。可纳斯卡这边却遇到了大麻烦，他正努力爬下大峡谷的一侧，而脚已经踏上峡谷对面的大猫回头一看，发现纳斯卡的起跑竟然这么慢，便禁不住大声欢呼：“来吧！来吧！你这样跑只会更加刺激我的食欲。”说着，它已经又蹿了出去，跨过高山，穿过深谷，跳过巨石，横过溪流，然后猛地蹿出一百米，很快来到了另一个纳斯卡所站的地方，可还没回过神，它就震惊地看到对手已经站在眼前。

“猫夫人，这也太容易、太轻松了，”这个纳斯卡按照奶奶的指示说道，“我还以为猫跑得很快呢！不过你虽然慢了点，但还算不错！”

听到这番话，大猫满腔怒火，惊天动地地咆哮道：“回去！再回去！我要给你点颜色看看！”

于是，纳斯卡跑了起来，可大猫却像风一样超过他，猫胡子向后飘着。当它跨过第一座山之后，男孩回到了奶奶身边，可这位猫夫人并不知道真相，只顾拼命地往前飞奔，疯狂地跃过高山，跨过丘陵，跳过巨石，横过溪流，然后再猛地蹿出一百米，很快回到了起点。可它竟然看见了正轻松地站在那里的纳斯卡，一边微笑一边擦汗，好像刚刚跑完全程。

“不错，猫夫人，”他说，“几乎就要赶上我啦，就差那么一点点，你就赢了，但我还会更快的。来吧。”

话音刚落，纳斯卡就已经开始奔跑，像是真的要去征服眼前的大峡谷似的。这时大猫则发出一声尖叫，将天空中苍白的月亮都震得直发抖。它又“蹭”地蹿出了四百米，以最快的速度飞奔，经过的丛林和灌木都被烤糊了，跨过的岩石都熔化了。它不停地向前飞奔，跃过高山，跨过丘陵，跳过巨石，横过溪流，终于以更快的速度来到了另一个纳斯卡所在的地方。

“猫夫人，跑得不错，”纳斯卡说，“不过，我们的比赛就快要结束了。从某种意义上说，你将失去你的晚餐，而我则应该为我还能活着而感到高兴。当然，我必须尽力，毕竟如果我输了，就会被你吃掉。”

此时大猫已经精疲力竭，不得不承认纳斯卡的确跑得比它快。它张着大嘴，发出哀号声，很快就觉得自己虚弱不堪，踉跄着转了几个圈，一头栽在地上，昏厥了过去。奶奶和纳斯卡趁机急忙把大猫滚到悬崖边，一鼓作气把大猫推下了悬崖，大猫撞在锋利的石头上被摔得粉碎。就这样，大猫死了，它所有的梦自然也就破灭了。

两个纳斯卡和奶奶回到了家乡，把故事的经过告诉给了人们，大家听了欢欣鼓舞，他们笑啊、唱啊，编出美丽的花环戴在祖孙三人的头上。从那以后，这片土地又充满了仁爱和友善，而矗立在高山上的那三块巨石就成了这个故事的见证。每块巨石都要有两百个壮汉才能搬动，学者们都很惊讶，他们好奇远古的人们到底是如何把它们竖在那里的。其实，那些既不聪明也不博学的人们反而知道事情的真相。